U0530123

古典文学大字本

姜夔词选

韩经太 王维若 评注

人民文学出版社

图书在版编目（CIP）数据

姜夔词选/韩经太，王维若评注. —北京：人民文学出版社，2021（2024.12重印）
（古典文学大字本）
ISBN 978-7-02-016339-7

Ⅰ.①姜… Ⅱ.①韩… ②王… Ⅲ.①宋词—选集 Ⅳ.①I222.844

中国版本图书馆 CIP 数据核字（2021）第 052168 号

责任编辑　高宏洲
装帧设计　刘　远
责任印制　张　娜

出版发行　人民文学出版社
社　　址　北京市朝内大街 166 号
邮政编码　100705

印　　刷　三河市宏盛印务有限公司
经　　销　全国新华书店等

字　　数　158 千字
开　　本　710 毫米×1000 毫米　1/16
印　　张　16.5　插页 2
印　　数　5001—8000
版　　次　2005 年 3 月北京第 1 版
印　　次　2024 年 12 月第 2 次印刷

书　　号　978-7-02-016339-7
定　　价　37.00 元

如有印装质量问题，请与本社图书销售中心调换。电话：010-65233595

目 录

前言 …………………………………………………… 1

扬州慢（淮左名都）…………………………………… 1
一萼红（古城阴）……………………………………… 5
霓裳中序第一（亭皋正望极）………………………… 9
湘月（五湖旧约）……………………………………… 15
清波引（冷云迷浦）…………………………………… 21
八归（芳莲坠粉）……………………………………… 25
小重山令（人绕湘皋月坠时）………………………… 28
浣溪沙（著酒行行满袂风）…………………………… 31
探春慢（衰草愁烟）…………………………………… 35
翠楼吟（月冷龙沙）…………………………………… 38
踏莎行（燕燕轻盈）…………………………………… 43
杏花天影（绿丝低拂鸳鸯浦）………………………… 47
惜红衣（簟枕邀凉）…………………………………… 50
石湖仙（松江烟浦）…………………………………… 55

点绛唇（燕雁无心）	59
夜行船（略彴横溪人不度）	63
浣溪沙（春点疏梅雨后枝）	66
琵琶仙（双桨来时）	69
鹧鸪天（京洛风流绝代人）	73
念奴娇（闹红一舸）	77
浣溪沙（钗燕笼云晚不忺）	81
满江红（仙姥来时）	83
淡黄柳（空城晓角）	90
长亭怨慢（渐吹尽）	94
摸鱼儿（向秋来）	99
凄凉犯（绿杨巷陌秋风起）	103
秋宵吟（古帘空）	109
点绛唇（金谷人归）	112
玉梅令（疏疏雪片）	114
暗香（旧时月色）	118
疏影（苔枝缀玉）	122
水龙吟（夜深客子移舟处）	127
玲珑四犯（叠鼓夜寒）	130
莺声绕红楼（十亩梅花作雪飞）	134
角招（为春瘦）	137
鹧鸪天（曾共君侯历聘来）	141
齐天乐（庾郎先自吟愁赋）	144
庆宫春（双桨莼波）	151

江梅引（人间离别易多时）	155
鬲溪梅令（好花不与殢香人）	159
浣溪沙（花里春风未觉时）	161
浣溪沙（雁怯重云不肯啼）	163
鹧鸪天（柏绿椒红事事新）	166
鹧鸪天（巷陌风光纵赏时）	169
鹧鸪天（忆昨天街预赏时）	173
鹧鸪天（肥水东流无尽期）	176
月下笛（与客携壶）	180
喜迁莺慢（玉珂朱组）	185
徵招（潮回却过西陵浦）	189
暮山溪（与鸥为客）	195
汉宫春（云曰归欤）	198
汉宫春（一顾倾吴）	202
洞仙歌（花中惯识）	206
念奴娇（昔游未远）	209
永遇乐（云隔迷楼）	213
虞美人（阑干表立苍龙背）	217
水调歌头（日落爱山紫）	220
卜算子（江左咏梅人）	224
又（月上海云沉）	225
又（藓干石斜妨）	227
又（家在马城西）	228
又（摘蕊暝禽飞）	230

又(绿萼更横枝) ………………………… 231
又(象笔带香题) ………………………… 233
又(御苑接湖波) ………………………… 235
虞美人(摩挲紫盖峰头石) ……………… 237
忆王孙(冷红叶叶下塘秋) ……………… 239
少年游(双螺未合) ……………………… 242

前　言

一

姜夔（1155？—1221？），字尧章，一字石帚，别号白石道人。饶州鄱阳（今江西波阳）人。其父姜噩，曾任湖北汉阳县知县。姜夔幼年随宦，往来汉阳二十馀年。父亲病逝后，姜夔寄寓于已经出嫁汉川的姐姐家，二十多岁时，为谋生计，开始出游扬州、合肥，旅食于江淮一带，以其才华出众，少有文名。

"少小知名翰墨场，十年心事只凄凉"（《除夜自石湖归苕溪》），如此感怀身世的句子，所反映出来的白石心事，于其人格、词风的形成，是十分关键的。在江湖上漂泊已久，感到疲惫的时候，他又选择回家，回到了姐姐那里。如果说，孤单的姜夔此时只有在姐姐家才能感受到一份家庭温暖的话，那么其后，他游历湖南长沙时偶识福建老诗人萧德藻（人称千岩老人）无疑该是其人生中一个至关重要的转折。萧德藻深赏姜夔才华，将侄女许之，还带他寓居浙江湖州。尽管姜夔一世清客生涯，大半时间浪迹不定，但终究有了一个可以让疲乏的身心消歇的地方；哪怕只身在外，想起家小妻室，心中都会浮起一层淡淡的温馨与期盼。无论是"一年灯火要人归"（《浣溪沙·雁怯重云不肯啼》），抑或是"娇儿学作人间字，郁垒神荼写未真"（《鹧鸪天·柏绿椒红事事新》），无论是"白头居士无呵殿，只有乘肩小女随"（《鹧鸪天·巷陌风光纵赏时》），抑或是"两绸缪，料得吟鸾夜夜愁"（《忆王孙·冷红叶叶下塘秋》），不管姜夔曾用怎样怀念的笔触写过他青年时期与合肥女子的恋情，当他退回到一个丈夫与父亲的角色当中时，他的笔触就来得温柔而体恤，萦绕着浓郁的家之情愫，甚至可以从字里行间体味到一份姜夔词中难得的淡淡的幸福感。

在湖州定居期间，萧德藻介绍姜夔到杭州向杨万里请教诗学，又辗转到苏州石湖谒见了范成大。姜夔与范成大一见如故，惺惺相惜，结为忘年之交。后萧德藻因病随子离开了湖州，姜夔则迁居杭州，靠好友张镃、张鉴（抗金名将张浚之孙）接济为生。

姜夔一生未入仕途，除卖字外，多靠他人的周济过活，其友人陈造有诗《次姜尧章饯南卿韵二首》其一赠姜夔云："姜郎未仕不求田，倚赖生涯九万笺。捆载珠玑肯分我？北关当有合肥船。"江湖清客的生涯，由此可见一斑。

南宋中叶是江湖游士很盛的时代。所谓江湖游士者，成分颇为复杂，成因也颇为多样，既有关于南宋特殊的社会形态，也有关于文人阶层应对社会现实的特殊生存意识，未便笼统描述。但就基本情形而言，他们大多落魄江湖，靠以文字作为干谒工具来维持生计。其中部分人，不惜以此作为暴敛财物、发家立业的手段和工具，从而难免为后人所诟病。如宋濂父一见贾似道，便得楮币二十万，以造华居（方回《瀛奎律髓》）。然姜夔却不同，他性情高洁，除却一腔才气，便是一副傲骨，多与知音唱和，而不以文字才华谄媚权贵。

周密《齐东野语》卷十二有《姜尧章自叙》一篇，自叙其江湖文人的生活经历与感受：

> 某早孤不振，幸不坠先人之绪业，少日奔走，凡世之所谓名公钜儒，皆尝受其知矣。内翰梁公（未详何人。本节引文括号内文字为注者加）于某为乡曲，爱其诗似唐人，谓长短句妙天下。枢使郑公（郑侨，宁宗时知枢密院事）爱其文，使坐上为之，因击节称赏。参政范公（范成大）以为翰墨人品，皆似晋、宋之雅士。待制杨公（杨万里）以为于文无所不工，甚似陆天随，于是为忘年友。

复州萧公（萧德藻），世所谓千岩先生者也，以为四十年作诗，始得此友。待制朱公（朱熹）既爱其文，又爱其深于礼乐。丞相京公（京镗，庆元中为左丞相）不特称其礼乐之书，又爱其骈俪之文。丞相谢公（谢深甫，庆元中参知政事，拜右丞相）爱其乐书，使次子来谒焉。稼轩辛公（辛弃疾），深服其长短句。如二卿孙公从之（孙逢吉，字从之，曾官任吏部侍郎），胡氏应期（胡纮，字应期，官至吏部侍郎），江陵杨公（杨冠卿），南州张公（未详何人），金陵吴公（吴胜柔，字胜之，淳熙间进士，为太学博士），及吴德夫（吴猎，字德夫，曾以秘阁撰知江陵府）、项平甫（项安世，字平甫，曾任户部员外郎）、徐渊子（徐似道，少有才名，曾经受知于范成大）、曾幼度（曾丰，字幼度，乾道时进士，官至德庆知府）、商翚仲（商飞卿，字翚仲，淳熙进士，累官工部郎中）、王晦叔（王炎，字晦叔，乾道进士，曾官湖州知州）、易彦章（易袚，字彦章，淳熙进士，曾官礼部尚书）之徒，皆当时俊士，不可悉数，或爱其人，或爱其诗，或爱其文，或爱其字，或折节交之。若东州之士则楼公大防（楼钥，字大防，隆兴进士，光宗时擢起居郎，兼中书舍人，官至参加政事）、叶公正则（叶适，字正则，淳熙进士，宁宗时官宝文阁待制），则尤所赏激者。嗟乎！四海之内，知己者不为少矣，而未有能振之于窭困无聊之地者。旧所依倚，惟张兄平甫（张鉴，字平甫，姜夔挚友），其人甚贤。十年相处，情甚骨肉。而某亦竭诚尽力，忧乐同念。平甫念其困踬场屋，至欲输资以拜爵，某辞谢不愿，又欲割锡山之膏腴以养其山林无用之身。惜乎平甫下世，今惘惘然若有所失。人生百年有几，宾主如某与平甫者复有几，抚事感慨，不能为怀。平甫既殁，稚子甚幼，入其门则必为之凄然，终日独坐，逡巡而归。思欲舍去，则念平甫垂绝之言，何忍言去！留而不去，则既无主人矣，其能久乎？

姜夔平生长期得张鉴等人资助，张鉴死后，其生计日绌，但仍清贫自守，不肯屈节以求官禄。晚年多旅食杭、嘉、湖之间。当寓居武康时，与白石洞天为邻，有潘转翁者号之曰"白石道人"。姜夔以诗答云："南山仙人何所食，夜夜山中煮白石，世人唤作白石仙，一生费齿不费钱。"用以自解其清苦。他在饱经颠沛转徙的困顿生活后，病卒于临安（今杭州）水磨方氏馆旅邸，幸得友人捐助，始获就近安葬。

二

姜夔少时便有诗名。二十馀岁时经萧德藻介绍谒见诗坛老宿杨万里时，颇受器重。姜夔祖籍江西，作诗亦先习江西诗法，其诗风格高秀，继承和发展了江西诗派的风韵，有《白石诗集》传世。清代诗人朱彝尊在《重锓裘司直诗集序》中论江西诗派时说："继萧东夫（即萧德藻）起者，姜尧章其尤也。"

然而，如同南宋诗坛总体上出入于江西诗法那样，姜夔对江西诗法、甚至对自身诗歌创作的习惯都有一个明显的超越，四十馀岁时，过无锡访老诗人尤袤被问及诗学哪家，他答道："三熏三沐师黄太史氏（黄庭坚）；居数年，一语噤不敢吐，始悟学即病，顾不若无所学之为得，虽黄诗亦偃然高阁矣。"（《诗集自叙》）晚年写定诗集时，自叙心得曰："作诗求与古人合，不若求与古人异；求与古人异，不若不求与古人合而不能不合，不求与古人异而不能不异。"（同上）还提出了苏轼所说的"不能不为"一句作为作诗的最高境地。

姜夔的诗歌创作思想和诗学观念之所以有此巨大的转变，一方面与其自身创作实践的不断开创求新相关，另一方面也与其特定的交往环境密切关联。自家才情，友朋趣味，时代氛围，总是彼此影响的。北宋末叶，天下竞习江西诗法的风气已露出病象，到南宋初期，已然是流弊重重，导致很多诗人的不满。所谓"中兴四大家"，尤袤、杨万里、陆游、范成大诸人，都在不同程度上、从不同途径去设法挣脱江西诗风的笼罩，设法革除其流弊。姜夔受诸位长辈文学见识的影响，也把目光投向了晚唐诗作。今观姜夔近体诗，尤其是绝句，明显从江西派风格中跳脱出来，转向唐人诗风。特别是晚唐诗人陆龟蒙，其诗其人其身世遭际，皆与姜夔相暗合，所居之地亦与姜夔相类，姜夔对其仰慕至深，诸如"三生定是陆天随，又向吴江作客归"、"沉思只羡天随子，蓑笠寒江过一生"之类的表白，是颇能说明问题的。其作诗风格也颇相近似，比如《除夜自石湖归苕溪》十首，风味便似陆龟蒙，被杨万里称作："十诗有裁云缝月之妙思，敲金戛玉之奇声。"他如《湖上寓居杂咏》十四首，又与陆龟蒙《自遣诗》三十绝相近。

姜夔在诗学诗艺方面的这种追求，与其自身的性情自然和人生经历都有关系，而其人生经历又在相当程度上折射出南宋时代士文化意识的某些内容。

"尤萧范陆四诗翁，此后谁当第一功？新拜南湖为上将，更推白石作先锋。"（《进退格寄张功甫姜尧章》，见杨万里《诚斋集》）杨万里在酬赠张镃、姜夔的诗篇中曾经写下过这样的句子，作为南宋诗人的重要代表，杨万里的文学理念应该是具有着某些公共价值的，而他却不仅把张南湖（张镃）、姜白石（姜夔）与当时诗坛四大家相提并论，还推拜他二人为诗坛新生的上将和先锋人物。据方回《读张功父南湖集》诗之序文，张镃尝自言得"活法"于杨万里，而另一方面，张镃又与姜夔有着颇为亲近的联系。张镃是姜夔挚友张鉴之异母兄，亦是姜夔志趣相投的文坛之友，姜夔曾作《齐天乐》、《喜迁莺慢》词记叙与张镃的交往，言语间颇多赞赏之意（"又占了、道人林下真趣"、

"高卧未成，且种松千树"《喜迁莺慢》），这些线索告诉我们，在南宋的诗歌艺术及相关思想文化发展过程中，姜夔与张镃、杨万里之间的特殊联系，本身就意味着某种价值追求上的彼此认同。《宋诗纪事》卷五十七引杨万里赞张镃像有云："香火斋祓，伊蒲文物，一何佛也。襟带诗书，步武璚琚，又何儒也。门有朱履，坐有桃李，一何佳公子也。冰茹雪食，凋碎月魄，又何穷诗客也。约斋子，方内欤？方外欤？风流欤？穷愁欤？老夫不知，君其问之白欧。"这种合儒、佛为一而又集"佳公子"与"穷诗客"于一身的精神风貌，不正好反映出当时江湖游客与权贵大家交融一体的特殊社会现象吗？而如此会通"方内"、"方外"的意识形态，不又生动反映出禅宗文化的某些特征吗？无独有偶，姜夔亦被形容为"白石道人，气貌若不胜衣，而笔力足以扛百斛之鼎……襟期洒落，如晋宋间人"（［宋］陈郁《藏一话腴》）。从这些描绘来看，姜夔与张镃的确有着气质风范上的相似之处，那么他们彼此间的相互认同也就更不足为奇了。

所有这些，最终说明，姜夔的精神追求，亦时势所造，如同其人亦推动时势。这种时势，体现在诗学思想和诗艺讲求上，便是之前的杨万里、陆游、范成大就自觉地摆脱江西诗法而求的"活法"，便是由江湖诗人的创作实践所表现出来的舍弃粗放而讲精致，同时，也便是在崇尚高雅格调的文化趣味中别会清淡乃至荒寒意趣。

接下来说姜夔词，此间消息恰恰是重要的切入点。

三

姜夔诗论、诗作虽则都有成就，其《白石道人诗说》甚至被认为可与严羽《沧浪诗话》媲美，但与其词作的成就相比，却是难以企及的。

姜夔词作开宋词"清空"一派，成为南宋一代词作大家。而以"清空"二字评说姜词的第一人张炎，乃是张镃的重孙。尽管完全从家族文化影响的角度看问题是片面的，但姜、张相知于前，张氏后辈称美于后，这样的现象毕竟值得关注。张炎《词源》成书时，南宋亡国已近四十年，江山易主的人世感慨，身为遗民的悲凉心事，以及试图超脱的淡泊精神，综合为一气贯通的吟咏格调，所谓"清空"的美学内涵，实在是非常丰富的。[清]先著、程洪辑《词洁》云："白石兼王、孟、韦、柳之长，与白石并有中原者，后起之玉田也。"（卷五《齐天东》）"……白石老仙去后，只有玉田与之并立。"（卷三《探春慢》）说白石兼有王、孟、韦、柳之长，显然是夸大其辞，但此说却有精明之处，那就是揭示出"清空"词派与诗史上清淡诗派间的联系。不仅如此，张炎词风既然与先前之白石同调，都以清淡复又清苦者为主要特征，则其推崇白石的举动，也就分明带有自我认可的意味了。读姜夔词不能不知"清空"之说，而理解"清空"之说又不能不知此相关背景。

说姜夔词风"清空",并非说"清空"乃其词作之惟一风格,而是说,此乃其词风之基调、主调。至于"清空"究竟意味着怎样一种格调,导致此一格调的词艺技巧又具体表现在哪里,实在是一个极为复杂的问题。若具体一点讲,大致包括以下几个方面:

其一,词中情感多属于文人士大夫高洁意趣、清雅风尚,少有尘俗香艳之感,也少有剑拔弩张的粗放激烈。姜夔词作现存八十余首,依内容分之,感慨时事、抒写身世之感的有十四五首;山水记游、结序咏怀、交游酬赠等词各有十三四首;怀念合肥女子的十八九首;其余二三十首皆为咏物寄托之作。由于姜夔平生爱梅之高洁,咏梅之作也多达十七首。就宋代崇尚风雅的大环境而言,姜夔词中感慨时事、郊游野趣、登临玩赏、赏梅咏物等题材无不浓缩着文人生活的雅趣。至于爱情词,一般最易流于嫣媚,但姜夔一洗侧艳,反见清雅,即便描写最易偏近俗艳趋向的男女情事、女子容貌,也能做到俗处皆雅,多以空灵的意境呈现。如"淮南皓月冷千山,冥冥归去无人管"(《踏莎行》),只让人觉得两情相许原是如此清纯真挚,其爱深彻心髓,却又显得飘渺无迹;又如"俊游巷陌,算空有、古木斜晖"(《江梅引》),以聚会之繁华与分离之萧条两下对比,就夕阳古树的苍凉处怀旧,便赋予曾有游冶生活以沧桑感;再如"化作西楼一缕云"(《鹧鸪天》)的意象,将女子美丽意态化为一缕云烟,幽然随风而逝,来去无痕……

其二，表现手法上多追求言外之意，或用事而赋雅，或比拟而寄远，或景语渲染，或象征隐喻，等等。此类例子甚多，随处可见，诸如"波心荡、冷月无声"（《扬州慢》），"一帘淡月，仿佛照颜色"（《霓裳中序第一》），"中流容与，画桡不点清镜"（《湘月》），"想佩环、月夜归来，化作此花幽独"（《疏影》）等等，不胜枚举。与此同时，其语言意象少有浓墨重彩，多为素淡清雅，也是一个显著的特征。

张炎《词源》对姜夔词风自然最为推崇，其说有云："姜白石词如野云孤飞，去留无迹……白石词如《疏影》、《暗香》、《扬州慢》、《一萼红》、《琵琶仙》、《探春》、《八归》、《淡黄柳》等曲，不惟清空，又且骚雅，读之使人神观飞越。"所谓"野云孤飞"，所谓"骚雅"，所谓"使人神观飞越"，都蕴涵着特定的诗词文化内涵，非泛泛阐释所能解会。要而言之，由张炎标举的"清空"，乃是苏轼所谓"魏晋以来，高风绝尘"的精神风范，与相对于盛唐气象的晚唐风韵表里合一，然后契合于南宋江湖文人的特殊襟怀，从而形成的一种艺术风格和创作倾向。

不言而喻，姜夔如此词风，必然受其诗歌创作的影响。前文已述，姜夔为诗，先学江西，后慕晚唐，而此所谓晚唐者，既含有王、孟、韦、柳之清淡意趣，也含有姚、贾"二妙"之清苦工夫，诗词彼此浸润之际，自然宜其有"清空"词境了。此外，还有一点需要指出，姜夔词每以清健之笔写柔情，颇有合江西黄（庭坚）、陈（师道、与义）诗法与温、韦词调为一体的意向。其实，这一方面得益于他与辛弃疾等大家的交往，另一方面未尝不是受了周邦彦等词林先辈的影响。

姜夔不仅是南宋著名词人，而且是一位娴通音律，善吹箫弹琴，能配合词作自创曲谱，有乐论著述传世的词人，是惟一有词调曲谱传世的杰出音乐家。

《白石道人歌曲》所收词中有十七首附有曲谱。《扬州慢》、《杏花天影》、《凄凉犯》、《暗香》、《疏影》、《徵招》、《角招》等十四首为姜夔自创词调和乐曲；另三首是填词配曲，内有一首填范成大《玉梅令》词。这十七首，每首定有宫调，并以宋代工尺字谱（与今流行的工尺谱有所不同）斜行注节，扣于字旁。这些配有曲谱的词调是他一生中文艺创作的精髓，为后人留下了可资研考演唱的丰厚遗产，对研究南宋词的格律变化和词乐形态，具有非常重要的意义。当然，姜夔的音乐思想是具有复古倾向的，这是否直接影响到其作词谱曲的创作实践，尚缺乏足够的证据。况且，就宋词之词曲配合而言，还有一个"一字多声"或"一字一声"的问题需要辨析。所以，《白石歌曲》的音乐文学价值，仍然需要用辩证的眼光去看。

从姜夔歌曲的《词引》中，可知姜夔曾对《楚辞》的《九歌》注明律吕，琴曲亦注明指法，这说明他除对古曲音律有研究外，古琴的弹奏也是精通的。他晚年曾参考浙江民间风俗歌曲，创作了《越九歌》；又曾按七弦琴演奏伴唱的风格，写下了骚体《古怨》琴歌，抒发他对山河破碎、身世凄凉、世道坎坷的怨恨和悲叹。凡此，都是其作为音乐家的杰出才华的体现。

庆元三年（1197），姜夔将多年来对音乐的研究和意见写出了《大乐议》和《琴瑟考古图》各一卷，呈献给朝廷，用以议正乐典。他十分注重琴学，在《七弦琴图说》中阐述了南宋时代的古琴宫调，提出了分琴为三准（自一徽至四徽为上准，四徽至七徽为中准，七徽至龙龈为下准），三准各具十二律。分述了转弦合调图，总述了取琴"应声"之法等。这些撰著对我们研究中古音乐和古琴等乐器的演奏是有很高参考价值的。

两年后，庆元五年（1199），姜夔又向朝廷呈上了《圣宋饶歌鼓吹曲》十二章，再次希望获得朝廷采纳和提拔任用，这次幸得诏令，准许他破格参加进士考试。可惜落第而归。姜夔上呈的乐议和乐章直到其死后十年，理宗才"诏以夔所进乐议、乐章付太常（掌管宗庙礼仪音乐之官）"。

姜夔的书法也为当时人所称道，有论书法的《续书谱》传世。

姜夔作为词人的文学史地位，需要在就宋词作整体分析的基础上来确认。一般来说，词学界所谓北有清真、南有白石的说法，在尊体主雅的范围内，自是言之成理的。词自晚唐五代以来，其演进可以分两个系统来梳理，一个是源自唐声诗的文人小令系统，另一个是来自民间市井的以讲唱叙事为特征的曲词系统，如晏、欧这样承先启后的人物，既然主要写作小令，自然属于文人词系统，而如柳永者，则以其雅俗共赏而兼得于两个系统。姜夔作为一个精通音律的词人，其与词乐词律的贡献，乃是柳永、周邦彦以后第一人，但是，在反映生活的深度和广度上，他显然无法与苏、辛相比。如若就词体本身的独特赋性而言，北宋词家如周、秦者，尽管没有苏轼那样的开阔境界，但在表现情感、情景的艺术过程中，毕竟以崇尚质实的格调给人以真切的生活美感，也就是王国维所说的"不隔"，那么，到了南宋，主张"词别是一家"的词人，除了在词艺词律上的探寻可谓精益求精外，如姜夔这样的人物，便是以独特的艺术格调的讲求而凸显在词史的地平线上。如若没有像张炎所描述的"清空"词境的独特魅力，我们对姜夔词的历史概括，就缺少必要的价值坐标。因此，姜夔的存在——当时人已有品评的姜夔的存在，乃是一个重要的标志，标志着宋词至此已经演进到确立理想风格的阶段。当然，理想风格的确立，总是与艺术流派的自觉联系在一起的。

四

姜夔词，以其特有的艺术风格卓然立足于两宋词坛，并以其神契"逸品"的人格与词风见许于后世，也因为如此，后世整理其词集者便层出不穷。

夏承焘先生尝作白石词《版本考》，以为"白石词刻本，可考者十馀，若合写本、影印本计之，共得三十馀本。宋人词集版本之繁，此为首举矣。"这确实是一个值得关注的现象。据夏承焘先生考证，最早的姜词刻本应是钱希武刻本，该本刻于南宋嘉泰二年壬戌（1202），当时姜夔还在，而这位钱希武又是姜夔的世交，所以推测起来，这个刻本有可能是作者的手定稿。此后世事变迁，版本沿革，情形颇为复杂。元、明两代三百年，姜词刻本未能广泛传播。直到号称词学复兴的清代，乾隆年间方有姜文龙本等多种刻本问世。除了词作全集外，选姜词入集的选本很多。最早的选本是钱希武刻本问世后四十馀年，黄昇所编的《花庵词选》，选姜夔词三十四首，并对各词小序加以删削。又据张炎《词源》下记载，南宋时曾有《六十家词》选本，可惜不曾传世。现今一般常见的姜夔词集和选集，有明代毛晋辑《宋六十名家词》中《白石词》一卷，明抄《宋元明三十三家词》、《宋二十家词》中《白石先生词》一卷，清代王鹏运辑《四印斋所刻词》本《白石道人词集》三卷《别集》一卷，清代乾隆时陆钟辉刻本《白石道人歌曲》四卷《别集》一卷，同时张奕枢刻本《白石道人歌曲》六卷《别集》一卷。清代词学复兴，浙西一派，又偏重南宋，以为白石"清空"境界最为当行本色，也最为超逸典雅，其人词集于此时大为刊行，实在是情理之中的事。近代以来，多有专家作笺注、笺评，其中夏承焘先生的《姜白石词编年笺注》（上海中华书局1958年初版；上海古籍出版社1981年新版），附有《版本考》、

《行实考》、《白石道人歌曲校勘表》、《各本序跋》、《辑评》等，最见前辈学术功力。我们这次选编，也就是以夏承焘先生的笺注本为基准来展开的。

编选宋人词集，每每感叹于其作品数量的"少"，的确，和宋人的诗歌作品（其实，词也是诗）比起来，他们的词作简直是稀缺产品，虽然不能因此而身价陡增，但编选起来就往往有难以割舍的心理。尽管如此，我们还是本着精益求精的原则，从姜夔本来也不多的八十多首词中，凭着我们自己的感受与体会，选出六十多首来献给读者。和苏轼、辛弃疾这样的大家相比，姜夔词所反映的生活世界自然相对狭小，即使和柳永比起来，他的词世界的内容也显得单纯，所以，我们的选择标准便倾向于艺术特色，只要在艺术表现上别具匠心，并因此而创造出独特的词的意境，我们就选入。

韩经太　王维若

扬州慢 中吕宫

淳熙丙申至日[1]，予过维扬。夜雪初霁，荠麦弥望。入其城则四顾萧条，寒水自碧，暮色渐起，戍角悲吟。予怀怆然，感慨今昔，因自度此曲。千岩老人以为有《黍离》之悲也[2]。

淮左名都[3]，竹西佳处[4]，解鞍少驻初程。过春风十里[5]，尽荠麦青青。自胡马窥江去后[6]，废池乔木，犹厌言兵。渐黄昏、清角吹寒，都在空城。　　杜郎俊赏[7]，算而今、重到须惊。纵豆蔻词工[8]，青楼梦好[9]，难赋深情。二十四桥仍在[10]，波心荡、冷月无声。念桥边红药[11]，年年知为谁生。

【注释】

1 淳熙丙申至日：宋孝宗淳熙三年（1176）冬至。这时姜夔告别客居的汉阳，沿江东下，过扬州。

2 千岩老人：萧德藻，字东夫，南宋诗人，闽清（今属福建）人，晚年居住湖州（今属浙江），因喜爱当地弁山千岩风景秀丽，自号千岩老人。著书名《千岩择稿》。爱白石才华，将侄女许配之。本词小序末句，是后来增加上的。姜夔词之词序类似情况很多，诸如《翠楼吟》、《满江红》、《凄凉犯》皆如此。《黍离》之悲：《诗经》有《黍离》篇，写周朝志士看到故都宫里遭犬戎焚烧掠夺后的凄凉景象，遗址残破，长满禾黍，以悼念国家的倾覆，有感而发。首句为"彼黍离离"，成为名篇，广泛传诵。南宋词人以词写扬州兵后残破景象的很多，如赵希迈《八声甘州·竹西怀古》有"向隋堤跃马，前时柳色，今度蒿莱。锦缆残香在否，枉被白鸥猜。千古扬州梦，一觉庭槐"之句。

3　淮左：淮扬一带，宋时扬州属淮南东路，也称淮左。

4　竹西：竹西亭，扬州名胜，景色清幽，位于扬州城东。［唐］杜牧《题禅智寺》诗："谁知竹西路，歌吹是扬州。"

5　春风十里：借指昔日扬州最繁华的地方。［唐］杜牧《赠别》："娉娉袅袅十三馀，豆蔻梢头二月初。春风十里扬州路，卷上珠帘总不如。"

6　胡马窥江：1129年和1161年，金兵两次南下，扬州都遭惨重破坏。高宗建炎三年（1129），金人初犯扬州，［宋］无名氏有《建炎维扬遗录》一卷，详细记录了扬州遭受劫掠的情状，四十多年后，姜夔创作了这首《扬州慢》。

7　杜郎：唐朝诗人杜牧，以在扬州诗酒清狂著称，曾于扬州游赏，并创作不少诗歌名篇。俊赏：风流地游赏。

8　豆蔻词：指杜牧《赠别》诗，见注5。

9　青楼梦：青楼的风流游冶生活，如同梦境一般。〔唐〕杜牧《遣怀》："落魄江湖载酒行，楚腰纤细掌中轻。十年一觉扬州梦，赢得青楼薄幸名。"

10　二十四桥：在扬州西郊，传说有二十四美人在此地吹箫。杜牧《寄扬州韩绰判官》云："二十四桥明月夜，玉人何处教吹箫。"〔宋〕沈括《补笔谈》载："唐时扬州有二十四桥，宋时只有一部分尚保留。"

11　桥边红药：〔清〕李斗《扬州画舫录》记载，二十四桥又名红药桥，桥边盛产红芍药。〔清〕陈思《白石道人歌曲疏证》引《一统志》称："扬州府开明桥，在甘泉县东北，旧传桥左右春月芍药花市甚盛。"

【解读】

《扬州慢》一词，解释者历来视为姜夔之代表作，殊不知，姜夔作此词时乃一青年！因为词前小序中已然有"千岩老人以为有《黍离》之悲"的话语，无形中已为后人阅读作了提示。依夏承焘先生说，姜夔词序多有后增文句，而揣摩其所以后来增加相关内容，当出于对这一内容的重视。比如这首词，将萧德藻评说附加于序文中间，就证明他自己颇以此评为重。这种于序文中点明作品主旨的现象，使类似作品具备了文学创作与文学批评彼此照应的特点，这也是姜夔词作的一大景观。

结合着小序提示来读，自然以"自胡马窥江去后，废池乔木,犹厌言兵"最为沉痛,真是"树犹如此,人何以堪"!杜甫"感时花溅泪,恨别鸟惊心"已是以物拟人而寄托伤痛,到白石这里,看似直白,实则深婉,试想:既然说"言兵",就有一个向谁诉说的问题,而此时此地,能够充当倾诉对象的,不正是词人自己吗?词人想有一位当年的当事人向自己诉说真实情形,而竟不能得,居然只能问讯于草木池水,足见扬州毁于兵火者非常人所能想象,而即便草木池水有灵,也不堪重提往事,因为回忆和诉说也如同身受啊!不仅如此,一个"厌"字,又或有厌倦之意,如果是这样,则又有一番意味生出:年去岁来,凡到此地者总不免伤怀感喟,然而一遍遍地诉说,岂不是一次次地经受精神的折磨吗?总之,姜夔以青年的身心,于感触真切处,并不作痛切呼号之语,而用看似直白的语言,曲折传达意旨,确实有"看似寻常最奇崛"的艺术效果。尤其值得品味的是,此词构思之际,似将乐府古诗每借问答以叙事抒情的模式融化其中,那"犹厌言兵",不也有"弃置无复陈,言之令心伤"的意味吗?诗有诗眼,词有词眼,此词若求其眼目,自当在这里。有了这一眼目,其他无论实写荒凉,还是借杜牧故事反衬,就都是渲染功夫了。当然,最后还需要指出,本词构思及表现的入与出之处,是需要细心体会的,"废池乔木,犹厌言兵"处是入,"念桥边红药,年年知为谁生"是出,也就是由托意于物的寄托法回归到现实的人生感喟,从而增加了情景的层次,使作品显得丰满而厚重。

一萼红

丙午人日[1]，予客长沙别驾之观政堂[2]。堂下曲沼，沼西负古垣，有卢橘幽篁[3]，一径深曲；穿径而南，官梅数十株[4]，如椒如菽[5]，或红破白露，枝影扶疏。著屐苍苔细石间，野兴横生，亟命驾登定王台[6]，乱湘流入麓山[7]。湘云低昂，湘波容与[8]，兴尽悲来，醉吟成调。

古城阴[9]，有官梅几许，红萼未宜簪[10]。池面冰胶，墙腰雪老，云意还又沉沉。翠藤共闲穿径竹，渐笑语惊起卧沙禽。野老林泉，故王台榭，呼唤登临。　　南去北来何事？荡湘云楚水，目极伤心。朱户黏鸡，金盘簇燕[11]，空叹时序侵寻[12]！记曾共西楼雅集[13]，想垂杨还袅万丝金。待得归鞍到时，只怕春深。

【注释】

1　丙午：宋孝宗淳熙十三年（1186）。人日：阴历正月初七为人日。

2　长沙别驾：萧德藻此时已由湖北参议移任为湖南通判，姜夔此时客居湖南，应是依附萧德藻的缘故。别驾，宋代通判的别称。

3　卢橘：金橘的别称。卢，黑色。金橘初生时青黑色，故名。幽篁：竹丛。

4　官梅：公家种植的梅树。［唐］杜甫《和裴迪登蜀州东亭》曰："东阁官梅动诗兴。"

5　椒：此指花椒。菽：豆子。

6　命驾：本义为命人驾车。后用为动身前往。定王台：在湖南长沙东。汉长沙定王刘发，筑台望母之处，后称定王台。

7　乱：横渡。《诗·大雅·公刘》："涉谓为乱。"［唐］孔颖达《正义》："水以流为顺，横渡为乱。"麓山：即岳麓山，在长沙西南。

8　容与：从容、迟缓不前的样子。《楚辞·九章·涉江》："船容与不进兮，淹回水而凝滞。"此处形容登高而见湘水缓缓向前流动的样子。

9　阴：南面。

10　萼：花萼。簪：戴，插。［唐］杜甫《春望》："白头搔更短，浑欲不胜簪。"

11　"朱户"二句：《荆楚岁时记》："人日贴画鸡于户，悬苇索其上，插符于旁，百鬼畏之。"朱门贴上画鸡，写人日风俗。《武林旧事》有记，立春日供春盘，有"翠缕红丝，金鸡玉燕，备极精巧"。春盘即金盘，金盘所盛之燕，乃生菜所制，此写立春风俗。

12　侵寻：渐进，引申为逝去、流逝。

13　雅集：美好的集会。

【解读】

　　白石作此词时三十多岁，当时正客居长沙。词中尽叙怀人情绪以及漂泊的惆怅。据夏承焘《姜白石系年》称，这是白石词中怀念合肥女子的最早作品。

　　小序记述了作词的原由，公元1186年，白石客居长沙别驾萧德藻之观政堂。堂外曲池古墙，梅花石径，与友乘兴游定王台，渡湘江，登岳麓山，兴尽悲来，醉吟成词。

　　上阕主要写城南游赏心情。白石怀人之作多以梅柳入词，开头便写官梅几许，红萼未簪，紧承小序"如椒如菽"语意，更显出梅花风姿的娇巧可爱，也流露出作者的爱怜惜护之情。"池面冰胶，墙阴雪老"两句对仗极工，以胶状冰，以老状雪，构思奇特，笔力瘦硬。其中，凝冰积雪的意象也写出些许的老态。"云意还又沉沉"，满天阴云密布，沉沉压下，写出了天气的清冷，也写出了心情的低沉。一路行来，"翠藤共闲穿径竹"，景致幽雅，心绪渐开，"渐笑语"的一个"渐"字，恰好道出了自沉寂而至于开朗的情绪变化，既反衬刚才环境的清静，又描尽此刻寂静中的喧哗，景与心映，以声托静。"野老林泉，故王台榭，呼唤登临。""故王台榭"指汉长沙王刘发所筑之台，昔日先贤流寓长沙者不少，词人乘兴登台而发思古之幽情，尽享自然野趣，呼朋唤友，其乐融融。

　　下阕从序言"兴尽悲来"四字中翻出，伤怀陡起。

"南去北来何事？荡湘云楚水，目极伤心。"登岳麓山远眺，湘云起伏，楚水长逝，漂泊苍凉之感油然而生。白石词《玲珑四犯》曰："文章信美知何用，漫赢得，天涯羁旅。"也是写类似的情景。南去北来，不知所终。字面上看似写方位行动，实际上暗含着时间的流逝感，足见悲情长久积蓄，与长逝的流水交相辉映。"朱户黏鸡，金盘簇燕，空叹时序侵寻。"客中转眼又是新年，新年时节世人欢闹庆祝，而文人却多叹岁月苦短，光阴虚掷，"空叹"二字写尽无奈的愁苦。"记曾共西楼雅集，想垂杨还袅万丝金。"至此，怀人之情才正面跳出，而那灵思妙笔全在一个"金"字上。以金状柳，看似无理，却蕴深情。或许杨柳新发，黄绿颜色，娇嫩如金；或许阳光洒落，镀色如金；而美好往事，转瞬难追，以金色意象比喻温馨回忆，是值得宝贵而永久珍惜的。"待得归鞍到时，只怕春深。"结句笔锋一转，温馨中又添一缕惆怅，白石怀念合肥女子诸词如《淡黄柳》的"恐梨花落尽成秋色"，《点绛唇》的"淮南好，甚时重到，陌上青青草"，《鬲溪梅令》的"又恐春风归去绿成阴，玉钿何处寻"，都与此词结尾造境相似，情极而悲，时序流转，自然变迁，无奈之情溢于言表。

霓裳中序第一

丙午岁[1]，留长沙，登祝融[2]，因得其祠神之曲，曰黄帝盐、苏合香[3]。又于乐工故书中得商调霓裳曲十八阕，皆虚谱无辞。按沈氏《乐律》"霓裳道调"[4]，此乃商调；乐天诗云"散序六阕"[5]，此特两阕。未知孰是？然音节闲雅，不类今曲。予不暇尽作，作中序一阕传于世[6]。予方羁游，感此古音，不自知其词之怨抑也[7]。

亭皋正望极[8]，乱落江莲归未得，多病却无气力。况纨扇渐疏[9]，罗衣初索[10]。流光过隙[11]，叹杏梁双燕如客[12]。人何在？一帘淡月，仿佛照颜色[13]。　　幽寂，乱蛩吟壁[14]，动庾信清愁似织[15]。沉思年少浪迹，笛里关山[16]，柳下坊陌[17]。坠红无信息[18]，漫暗水涓涓溜碧[19]。漂零久，而今何意，醉卧酒垆侧[20]！

【注释】

1　丙午岁：宋孝宗淳熙十三年（1186），当时姜夔正客居湖南长沙。

2　祝融：祝融峰，南岳衡山七十二峰的最高一座。

衡山，在今湖南衡山。

3　黄帝盐：[宋]沈括《梦溪笔谈》卷五称，这是献神乐曲，属仗鼓曲。苏合香：[唐]段安节《乐府杂录》记载，这是献神乐曲，属软舞曲。

4　沈氏《乐律》"霓裳道调"：乐律，指[宋]沈括《梦溪笔谈》卷五《乐律》篇。《霓裳道调》：古乐曲的声调之一。沈括《梦溪笔谈》卷五《乐律》曰："……或谓今燕都有献仙音曲乃其遗声，然霓裳本谓之道调法曲，今献仙音乃小石调耳，未知孰是。"而[宋]王灼《碧鸡漫志》、[宋]葛立方《韵语阳秋》、[宋]徐铉《徐文公集》都称《霓裳羽衣曲》为商调，而不是道调，因此，这里可能是沈括误记，而姜夔又偶然遗漏，没有考察。

5　乐天诗云"散序六阕"：[唐]白居易（字乐天）《和元微之霓裳羽衣歌》："散序六奏未动衣，阳台宿云慵不飞。"自注："散序六遍无拍，故不舞也。中序始有拍，亦名拍序。"[宋]王灼《碧鸡漫志》卷三曰："霓裳第一至第六叠无拍者，皆散序故也。"《词源》下曰："法曲散序无拍，至歌头始拍。"

6　作中序一阕：意为摘取唐代法曲《霓裳羽衣曲》中序第一遍曲子填成词。《霓裳曲》分三大段：一、散序，六遍；二、中序，遍数不详；三、破，十二遍。姜夔这首词名为《霓裳中序第一》，既有"第一"则可以知道，中序不止一遍，所以全曲至少有二十遍。唐书《乐志》、《碧鸡漫志》都说《霓裳》曲是十二遍，沈括《梦溪笔谈》

称《霓裳》曲为十叠,都是记载有误。白居易《霓裳羽衣歌》"繁音急节十二遍"自注中记:"霓裳破凡十二遍而终",是说"破"凡十二遍,而不是说全曲仅十二遍。

7 "予方"三句:我正客居他乡游赏,闻古曲而有所感,不知不觉间所作之词也带上了哀怨抑郁的情绪。

8 亭皋:水边高地上的亭台。皋,水边高地。望极:极目远望。

9 纨扇渐疏:入秋后纨扇渐渐被人丢开不用。原常比喻宠爱断绝,此处指天气渐凉。

10 罗衣初索:此处指轻丝细绢缝制的夏日单衣由于天气转凉而渐渐闲置。罗,一种丝缕稀疏而轻软的织物。索,萧索,疏离。

11 流光过隙:比喻岁月飞逝,如流水般逝去。《庄子·知北游》:"人生天地间,若白驹过隙,忽然而已矣。"

12 杏梁:文杏木造的屋梁。[汉]司马相如《长门赋》:"饰文杏以为梁。"

13 "一帘"二句:化杜甫《梦李白二首》诗:"落月满屋梁,犹疑照颜色。"

14 乱蛩吟壁:许多蟋蟀在墙角啼鸣。蛩,蟋蟀,又名促织。

15 庾信清愁:庾信(513—581),字子山,南朝时梁朝人,南阳新野(今属河南)人。梁元帝承圣三年(554)奉使西魏,来到长安。西魏不久攻陷江陵,元帝被诛杀,梁由此亡。庾信羁留北方,念念不忘故乡,曾作

《哀江南赋》、《伤心赋》、《愁赋》以寄思乡之情。《愁赋》中曾有"谁知一寸心，乃有万斛愁"之句。

16　笛里关山：在悲凉的笛声中跋涉关山。此处指浪迹天涯的漂泊生活，时常沉浸在《关山月》的笛声中。关山月，古乐府歌曲，曲调忧伤。《乐府解题》："关山月，伤离别也。"

17　坊陌：人家，特指妓女之家。

18　坠红：落花。一说，喻以前相恋的妓女。一说，指逝去的年华和希望。［唐］杜甫《秋兴八首》之七："露冷莲房坠粉红。"

19　暗水：比喻流水一般流逝的光阴。［唐］杜甫《夜宴左氏庄》："暗水流花径。"涓涓：流水声。溜碧：流淌的绿水。

20　醉卧酒垆侧：《世说新语·任诞》载："阮公（籍）邻家妇有美色，当垆酤酒。……阮醉，便眠其妇侧。夫始殊疑之，伺察，终无他意。"此处是作者自比阮籍的放诞。酒垆，安放酒瓮的土台子。

【解读】

《霓裳》曲自唐以来，多用于描绘仙女仪态，加之唐明皇、杨贵妃因此曲曾传一段佳话，白石以《霓裳》曲填词吟咏对合肥女子的感情，或者是有意借用曲谱的意蕴，或者只是无意的暗合，都是心灵真实的显现，都是艺术馨香之一瓣。

"亭皋正望极",起笔点明登高,开一片高远意象——登衡山,自然身在高处,况登祝融,其高不言自明;"望极"所至,目尽天涯,不涉远而意在其远,胸臆顿随视野豁然开阔,思绪飞扬而去,兴尽而悲。"乱落江莲归未得,多病却无气力",落笔一片消沉萧瑟之气,江莲指水乡之莲,杜诗曾有"江莲摇白羽"之句(《巳上人茅斋》),这里用一个"乱"字,读来颇有触目惊心之感!美如诗画的莲,摇曳生姿不再,却是片片花瓣凋零,乱落如雨,爱花人该心生怎样的怜悯?"多病却无气力",应是一语双关。"况纨扇渐疏,罗衣初索",借咏物再写秋色,不明言秋色秋意而萧瑟之气自见。"秋扇见弃"一直作为情谊断绝的典故而广泛地入诗入词,白石用此典倒并非暗示恩爱断绝,而是以夏秋交替写时光流逝,借此传达出久别难逢的痛苦与被弃置的痛苦。"流光过隙,叹杏梁双燕如客",时光如电,流年过隙,匆匆,太匆匆!秋来燕归,自然之理,杏梁双燕在这罗衫渐索的秋季,又将结伴南飞,白石眼中,双燕如客,不能久栖,燕虽漂泊,却毕竟成双,而自己却形单影只,分明不如梁间双燕,再说燕去梁空,只剩下一腔凄凉了。"人何在?一帘淡月,仿佛照颜色。"借物写情,层层递进,终于在这里道出了主题:所谓伊人,在水一方,道阻且长,梦中相见,一帘淡月,仿佛照出了她的容颜。本句化用杜甫《梦李白》"落月满屋梁,犹疑照颜色"境象。

"幽寂,乱蛩吟壁,动庾信清愁似织。"白石以蟋蟀鸣叫比喻庾信清愁，《齐天乐》词也有"庾郎先自吟愁赋，凄凄更闻私语"，进而由庾信转到自己，引出下面"沉思年少浪迹"。白石少年时曾漫游江淮，此番感慨，不由忆起当年天涯羁旅。"笛里关山，柳下坊陌"，两种生活境遇并列对比，一者是战乱流离、金戈铁马，一者是花前柳下、坊陌温馨，豪情与柔肠交结，总之是青春最鲜活的一段证明，终身难忘。"坠红无信息，漫暗水涓涓溜碧。""坠红"语出杜诗"露冷莲房坠粉红"，与前文"乱落红莲"互相照应，落红成阵，看似凌乱，委地无声，仿佛红颜薄命，再次引发痴人怜香惜玉之情，更兼"漫暗水涓涓溜碧"，用杜甫《夜宴左氏庄》"暗水流花径"诗意，表现"流水落花春去也"的情思，细腻唯美又不乏淡淡的伤感。"漂零久，而今何意，醉卧酒垆侧！"结句用阮籍故事，寄意遥深：人生飘零已久，遥想当年，任诞情性已随岁月的磨砺失去了棱角，"而今何意"？似叹似问似感慨，是青年阮籍已改初衷，还是历尽沧桑不改性情，实在是耐人寻味。

湘 月

长溪杨声伯典长沙楫棹[1],居濒湘江[2],窗间所见,如燕公、郭熙画图[3],卧起幽适[4]。丙午七月既望[5],声伯约予与赵景鲁、景望、萧和父、裕父、时父、恭父[6],大舟浮湘,放乎中流,山水空寒,烟月交映,凄然其为秋也。坐客皆小冠缞服[7],或弹琴,或浩歌,或自酌,或援笔搜句。予度此曲,即《念奴娇》之鬲指声也[8],于双调中吹之。鬲指亦谓之"过腔",见晁无咎集[9],凡能吹竹者便能过腔也[10]。

五湖旧约[11],问经年底事,长负清景。暝入西山,渐唤我一叶夷犹乘兴[12]。倦网都收,归禽时度,月上汀洲冷[13]。中流容与[14],画桡不点清镜[15]。　谁解唤起湘灵[16],烟鬟雾鬓,理哀弦鸿阵[17]。玉麈谈玄[18],叹坐客多少风流名胜[19]。暗柳萧萧,飞星冉冉,夜久知秋信。鲈鱼应好[20],旧家乐事谁省。

【注释】

1　长溪:旧县名。在今福建霞浦南。杨声伯:生平事例未详。典长沙楫棹：掌管长沙一带的舟船航运。典，掌管。

2 湘江：江名，发源于广西，由南向北，流入湖南洞庭湖。

3 燕公：宋代著名画家姓燕者有二位，其一，燕文贵，[宋]刘道醇《圣朝名画录》记载，燕文贵为吴兴（今属浙江）人，精善山水，不师古人，自成一家，世称"燕家景致"。其二，燕肃，《宋史》及[元]夏文彦《图绘宝鉴》有传：益都人，官至礼部侍郎，工山水寒林。郭熙：河阳温县人，为御画院艺学，善山水寒林。《宣和画谱》有记载。

4 幽适：清幽闲适。

5 丙午：宋孝宗淳熙十三年（1186）。既望：指望日的次日（农历大月十六、小月十五叫望），通常指农历每月十六日。

6 赵景鲁、景望：被约的同游之人，生平事例不详。萧和父、裕父、时父、恭父：皆萧德藻子侄，姜夔妻子家的亲属。

7 练（shū书）：一种薄而疏的粗麻织成的布。

8 鬲指声：即过腔。是曲调变化的一种方式。[清]方成培《香研居词尘》："盖念奴娇本大石调，即太蔟商，双调为仲吕商，律虽异而同是商音。故其腔可过。太蔟当用'四'字住，仲吕当用'上'字住，箫管'上''四'中间只鬲一孔，笛'四''上'两孔相联，只在鬲指之间。

又此调毕曲,当用'一'字'尺'字,亦鬲指之间,故曰'隔指声'也,'能吹竹便能过腔',正此之谓。所以欲过腔者,必缘起韵及两结字眼用'四'字不谐,配以'上'字声放谐婉,故不得不过耳。"

9　晁无咎集:[宋]晁补之《晁氏琴趣外篇》。晁补之,字无咎。济州巨野人。北宋神宗时进士。善作词,"苏门四学士"之一。

10　吹竹:指吹奏箫、笛子之类的乐器。

11　五湖:有很多种说法,先秦古籍常提到吴越地区有五湖,六朝以来有多种解释,一说是太湖的别名,一说是太湖东岸的五个与太湖相连的湖,实则五个湾,一说指太湖附近的五个湖。此处应指洞庭湖等五个湖。

12　一叶:一叶扁舟。夷犹:从容不迫的样子,常形容归客。[唐]李商隐《无题》:"万里风波一叶舟,忆归初罢更夷犹。"

13　汀洲:江中的沙地。

14　中流容与:化用屈原《涉江》:"船容与不进兮。"容与,从容不迫的样子,此指悠然自在。

15　桡(ráo 饶):划船的桨。清镜:河面清澈平静如镜面。

16　湘灵:传说中的湘水女神,据说善于鼓琴。一说即娥皇、女英(帝舜之二妃)。《楚辞·远游》:"使湘灵鼓瑟兮,令海若舞冯夷。"海若,海神之号。《庄子》:"有北海若。"冯夷,河伯也,一说,水仙也。《庄子》:"冯夷得之，以游大川。"《淮南子》："冯夷得道，以潜于大川。"

17　理：弹奏。哀弦鸿阵：著名琴曲《归雁操》，古人以为湖南洞庭一带为鸿雁之归宿地。

18　玉麈（zhǔ 主）谈玄：魏晋时期清谈盛行，清谈者往往手持麈尾以助谈，后相习成俗，遂成为名士雅器（类似拂尘之物，以麈之尾毛制成。麈，一种兽名，似鹿而大，其尾摇动可以指挥麈群的行动）。[南朝宋]刘义庆《世说新语·容止》："王夷甫（王衍）容貌整丽，妙于谈玄。恒捉白玉柄麈尾，与手都无分别。"此处形容同游坐客学识举止有名士风度。

19　名胜：此处指风流人物、文人名士。《晋书·王导传》："敦、导及诸名胜皆骑从。"

20　鲈鱼：用《世说新语·识鉴》典：晋人张翰于洛阳任职期间，"见秋风起，因思吴中莼菜羹、鲈鱼脍……遂命驾便归"。此处意在说明故乡的风味美好如故。

【解读】

1186 年，白石之友杨声伯邀约白石等诸多友人泛舟湘江，众人尽享如画美景，白石兴之所致，即兴赋曲，以抒情怀。

姜夔词中，有一些作品确有词、序重复现象，此词即一例。序文言"窗中所见，如燕公、郭熙图画"，以不刻画为刻画，犹如人们常道"此处风景如画"，至于画境如何，留下广阔空间供人联想。序文又言"放乎中流，山水空寒，烟月交映，凄然其为秋也"，虽寥寥数语，却已提摄山水精神。所谓"空寒"者，其实已很耐寻味了。仅读小序，已然见出作者性情和环境特征。惟其如此，进入词章正文的时候，就需要另辟蹊径了。

  首句以自问起始，"五湖旧约，问经年底事，长负清景"，以"旧约"、"长负"领起词意，表达了此子宜置丘壑中的志趣。湘江览胜，既称旧约，足见心仪已久，"旧约"不忘，而终于"长负"，也见得人生有许多无奈处。看来纵使湘江美景犹如燕公、郭熙之画，风情万种，对词人而言，不过是良辰好景虚设而已。至于"问经年底事"这一"问"，更是透出岁月蹉跎的感慨。接下来正面写景，但仍用"情语"，前曰"夷犹"，后云"容与"，尽表意态。其间"一叶夷犹乘兴"，其实与柳永《夜半乐》"冻云暗淡天气，扁舟一叶，乘兴离江渚"有关，情景铺叙，自三变以后，词家多受濡染。"倦网都收，归禽时度"，江上渔民一日劳累，收网而返，此处之"倦"字，读者实不可轻易放过，须知，恰恰是这里的"倦"，与"夷犹"和"容与"形成鲜明对比，起着贯通词意并烘托主旨的作用。飞鸟翩然归巢，零星点过水面，整个画面好似一幅温馨而清丽的图景，让人不由想起"夕阳西下晚霞红，骊歌声声催归鸿"的民歌。又及一"收"一"度"，虽然都带着生活动态，却无半点匆忙，或人或鸟，处处怡然自得，从容不迫。再兼后面一句"月上汀州冷"，用一"冷"字收起整幅意境，并与"暝入西山"的夜色构成整体的氛围。"画桡不点清镜"，造境奇绝，与李白"人移月边棹"(《经乱后将避地剡中，留赠崔宣城》)有同工异曲之妙。

下阕点名"湘"字，落实湘江之游。又点出"坐客"，以"风流名胜"传达同游风采。这些本是词章语意得体的题内应有之义。他如"湘灵"意象、"鲈鱼"典故，总归虚拟，既照应了眼前风光，也汇映了开篇旨意，可谓构思细密。"暗柳萧萧，飞星冉冉"，词人视线由近及远，由岸边窈窕的垂柳延伸到遥远天际划过的流星，意象简明而高远。需要指出者却在于，上阕言"暝入西山"，"月上汀洲"，下阕言"飞星冉冉"，时光的流逝感，亦可谓铺叙有致了。陈廷焯《白雨斋词话》有曰："白石《湘月》云：'暗柳萧萧，飞星冉冉，夜久知秋信。'写夜景高绝，点缀之工，意味之永，他手亦不能到。"词家一般认为，以景结情，相对更有悠远不尽的情趣。此词照应开篇而以情思作结，也未见得不引人入胜。

清波引

予久客古沔[1]，沧浪之烟雨[2]，鹦鹉之草树[3]，头陀、黄鹤之伟观[4]，郎官、大别之幽处[5]，无一日不在心目间；胜友二三，极意吟赏。揭来湘浦[6]，岁晚凄然，步绕园梅，摛笔以赋[7]。

冷云迷浦，倩谁唤玉妃起舞[8]。岁华如许，野梅弄眉妩[9]。展齿印苍藓[10]，渐为寻花来去。自随秋雁南来，望江国[11]，渺何处。　　新诗漫与[12]，好风景长是暗度。故人知否[13]，抱幽恨难语。何时共渔艇，莫负沧浪烟雨。况有清夜啼猿，怨人良苦。

【注释】

1　古沔（miǎn 免）：即汉阳，在今湖北武汉汉阳。姜夔姐姐嫁在汉阳，他幼年的时候曾依姐姐生活，二十多年间几经来去。

2　沧浪：水名，指汉水。《水经注·沔水》载武当县"西北四十里汉水中，有洲名沧浪洲"。因此，汉水被称为沧浪。

3　鹦鹉：指武昌的鹦鹉洲，在汉阳西南江中。汉末江夏太守于此处杀死祢衡,因祢衡曾作过《鹦鹉赋》,故后人称此洲为鹦鹉洲。[宋]陆游《入蜀记》:"离鄂州,便风挂帆,沿鹦鹉洲南行,洲上又茂林、神祠,远望如小山。洲盖祢正平被杀处,故太白诗云:'至今芳洲上,兰蕙不敢生。'"[唐]崔颢《黄鹤楼》诗:"晴川历历汉阳树,芳草萋萋鹦鹉洲。"

4　头陀:寺名,在汉口西北。黄鹤:黄鹤楼,旧传费祎飞升于此,后忽乘黄鹤来归,因此命名。今此楼已废,故址不存,今黄鹤楼在武昌西汉阳门内黄鹤山上。

5　郎官:湖名,在汉阳城东南。[唐]李白《泛沔州城南郎官湖》诗:"郎官爱此水,因号郎官湖。"郎官,即尚书郎张渭。大别:山名,即今龟山。[宋]陆游《入蜀记》:"汉阳负山带江,其南小山又僧寺者,大别山也。"

6　朅(qiè怯)来:去来。朅,去,离开。此处指离开汉阳。朅也常作发语词。湘浦:湘江之滨。

7　摛(chī痴)笔:挥笔。摛,舒展。

8　玉妃:喻梅花。[唐]皮日休《行次野梅》诗:"莺拂萝梢一树梅,玉妃无侣独徘徊。"[宋]陈与义《梅花》曰:"粲粲江南万玉妃。"

9　眉妩:指眉的样子妩媚可爱。此处泛指梅花的可爱。

10　屐:有齿的鞋子。古人往往在冶游登山时穿这种鞋。[唐]李白《梦游天姥吟留别》:"脚着谢公屐,身登青云梯。"

11　江国：指汉阳，因其地濒临汉水、长江，故称。

12　漫与：即兴而作。［唐］杜甫《江上值水入海势聊短述》："老去诗篇浑漫与，春来花鸟莫深愁。"

13　故人：指小序中的"胜友二三"。据夏承焘校笺，姜夔在汉阳的交游有郑仁举、杨大昌、辛泌、姚刚中、单炜、蔡迨等人。

【解读】

本词写白石离开久居的汉阳，南至湘江之滨的孤寂情怀。

上阕围绕梅花说起。白石曾有《玉梅令》词，为好友范成大偶遇小恙而作，也是独自一人，赏尽梅花百种风流。此处亦然，既为怀友，也为寄托心愿，白石爱梅之心也由此可见一斑。咏梅虽则是古代文人入诗入词的常用题材，但本词所咏却别有韵致。往昔与故友游赏梅花景致，该是何等滋味？今番却是空虚无聊的信步而行，且完全是"为寻花来去"。被誉为岁寒三友之一的梅花，乃是白石的挚友，孤独寂寞时想到它，思念友人情人时想到它，无时不在心间。可惜志同道合者皆不在身边，空负了这清凉景致。"自随秋雁南来，望江国"一句，寄托心中无限思念。白石为词，爱以"雁儿"入题，作者平生浪迹江湖，目睹季节更替，大雁迁徙，怎能不生出漂泊之感！此时写秋雁，自然勾起重重心事。

下阕极写自己对友情的渴望。知心人与自己两地分隔，心事难通，彼此寂寞，以至"抱幽恨难语"。"何时共渔艇"一句用词简明，却不得不令人信服白石于友人思念之情的真切与迫切。一般而言，当独自一人处于孤独寂寞之中时，多会忆起与友人共度的美好时光，并期待着温馨情境的重现。白石此时的心境正是这样，盼望着能与二三友人乘鱼艇共赏沧浪烟雨，重叙友情，共话别后境遇。可惜，曾经是平常之事的聚会此时已近乎奢望，"况有清夜啼猿，怨人良苦"，情绪于是转向低沉、思念之后，现状依然，只能孤衾独卧，清夜听猿啼，一派凄凉。

全词情意深长，情调凄婉。同时，作者也确有笔力清绝处，如起句"冷云迷浦"，便与下阕"沧浪烟雨"、"清夜啼猿"语意贯通，共同营造出江国清秋的一派冷寂气象，看似不甚经意，实则匠心独运。白石写景之妙，往往如此，读者不可轻易放过。此外，又如"渐为寻花来去"的"渐"字，暗含多少逝者如斯的感喟！读者亦需细细体味思量。

八 归

湘中送胡德华[1]

芳莲坠粉,疏桐吹绿,庭院暗雨乍歇。无端抱影销魂处[2],还见篠墙萤暗[3],藓阶蛩切。送客重寻西去路,问水面琵琶谁拨[4]。最可惜一片江山,总付与啼鴂[5]。　　长恨相从未款[6],而今何事,又对西风离别。渚寒烟淡[7],棹移人远[8],缥缈行舟如叶。想文君望久[9],倚竹愁生步罗袜[10]。归来后,翠尊双饮,下了珠帘,玲珑闲看月。

【注释】

1 此词乃姜夔客居湘时作。胡德华,白石好友,其人事迹不详。

2 抱:守着。

3 篠(xiǎo 小)墙:竹墙。篠,小竹子。

4 水面琵琶:白居易于浔阳江畔夜送友人,听闻琵琶女弹奏琵琶有感,作《琵琶行》:"忽闻水上琵琶声,主人忘归客不发。"白石化用此诗句写依依送别之情。

5 啼鴂:也作鹈鴂,即杜鹃,又名子规。《楚辞·离骚》:"恐鹈鸠之先鸣兮,使夫百草为之不芳。"

6　未款:未能尽叙友情。款,亲切。

7　渚:水中间的小块陆地。

8　棹(zhào照):桨,摇船的工具。

9　文君:指卓文君,西汉临邛(今四川邛崃)人,卓王孙之女,善鼓琴。丧夫后在家闲居,闻司马相如鼓琴,两情相悦,出奔成都,不久又返临邛,自己当垆卖酒。古代小说戏曲中多收入,成为文人美谈。词中用以借指胡德华的妻子。

10　倚竹:化用〔唐〕杜甫《佳人》诗:"天寒翠袖薄,日暮倚修竹。"罗袜:化〔唐〕李白《玉阶怨》:"玉阶生白露,夜久浸罗袜。却下水晶帘,玲珑望秋月。"

【解读】

　　清吴衡照《莲子居词话》卷二:"言情之词,必藉景色映托,乃具深宛流美之致;白石:'问后约空指蔷薇,算如此溪山,甚时重至。'又:'想文君望久,倚竹愁生步罗袜。归来后,翠尊双饮,下了珠帘,玲珑闲看月。'似造此境,觉秦七、黄九尚有未到,何论馀子!"若用王国维《人间词话》的分析,此间所谓"造境",乃是指虚构,《词话》如此称赏,因此就是立足在对想象灵妙的赞赏上。的确,"渚寒烟淡,棹移人远,缥缈行舟如叶",分明是送行人眼中的景致,李白"孤帆远影碧空尽,惟见长江天际流",情景似之,然白石词写出了一个渐渐远去的过程,从而又与阴铿"鼓声随听绝,帆势与云邻"者相类了。试体味"棹移人远"与"文君望久"之间的语义联系,以及语义所引发的人物心目之间的时空对应,其"造境"之妙,便可以想见了。至于以下"归来后"数语,大致不外"何当共剪西窗烛"之意趣,只因"玲珑闲看月"写出悠闲清雅意趣,所以为好。

此词上阕几乎纯用景语,开篇便自庭院深处写起,景致幽微,气氛冷清,雨是"暗雨",又兼"篠墙萤暗",透着黯淡情思,也刻画昏暗境界。尤其那句"疏桐吹绿"的"吹绿",体现了作者刻画景物入乎幽微的艺术表现力。但接下了两笔,却未必皆好:"问水面琵琶谁拨",明用白居易诗意,令人联想无限;而啼鴂典故的运用,就难免王国维"隔"字之评了。

"不隔"而又"隔",实际上是写生与写意相结合的一种境界。白石词境,大体在空灵清远,但其中写生别致的地方,如倪云林笔下的林木,看似寥寥数株,却又一丝不苟。

小重山令

赋潭州红梅[1]

人绕湘皋月坠时[2]，斜横花树小[3]，浸愁漪[4]。一春幽事有谁知[5]？东风冷，香远茜裙归[6]。

鸥去昔游非[7]，遥怜花可可[8]，梦依依。九疑云杳断魂啼[9]，相思血，都沁绿筠[10]枝。

【注释】

1　潭州：宋代州名，荆湖南路的治所，即今湖南长沙。红梅：[宋]范成大《梅谱》："红梅标格是梅，而繁密则如杏。其种来自闽、湘，有'福州红'、'潭州红'、'邵武红'等号。"

2　湘皋：湘江岸边的坡地。皋，水边的高地。

3　斜横：梅花枝疏疏落落的样子。[宋]林逋《山园小梅》诗："疏影横斜水清浅。"

4　浸愁漪：像是浸泡在愁苦的湘水中。

5　幽事：此指心事、恋情。

6　茜裙：红色的裙子，此处暗喻红梅的花瓣，也代指美丽的女子。茜，大红的颜色。

7　鸥：一种水鸟。与鸥作伴，常用来作为古人隐居的比喻。

8　可可：隐约，依稀；一说，惹人怜爱的样子。

9　九疑：即九嶷山，又名苍梧山，在湖南宁远南。因山有九峰，皆相似而得名。断魂啼：相传帝舜南巡，死于九嶷山并葬于此，其二妃娥皇、女英闻讯赶来奔丧，痛哭于湘水之滨，传说她们悼哭舜的眼泪染潇湘竹而成斑。后二人伤心而绝，投湘水而死。故事见于［南朝］任昉《述异记》。

10　绿筠（yún 云）：翠绿的竹子。筠，竹子的青皮。

【解读】

潭州（今湖南长沙）盛产红梅，由以"潭州红"闻名于世。本词题序曰"赋潭州红梅"，咏梅又兼此地情景，意味深远。

"人绕湘皋月坠时"，一个"绕"字，引出读者一重疑问：绕者，徘徊，盘桓，如此美景，不悠然玩赏，为何盘桓如此？白石《玉梅令》词曾有"拚一日、绕花千转"句，此"绕"是否彼处之"绕"？人的"绕"正值"月坠"之"坠"，其间所寓含的情景意味，十分丰富。宋人林逋"疏影横斜水清浅，暗香浮动近黄昏"，几成词坛咏梅之绝唱，文人赏梅，多赏其横斜之姿，清瘦摇曳，自成风韵。白石此处也用"斜横"写梅，却接"花树小"三字，写出潭州红梅外部形象的娇小玲珑。"浸愁漪"一句尤其词境高妙，林逋诗句写梅影映照水面，白石词句则写花树之影浸泡水中，各有韵致。"浸愁漪"以水纹状心愁，是比拟,"一春幽事有谁知?"是直写。"东风冷,香远茜裙归","冷"字一语双关,天若有情天亦老,东风何尝有怜香惜玉之情?"茜裙"乃红裙,"归"字落笔含蓄,意味深长,"归"有"回"的意蕴,一个"归"字,耐人寻味。

"鸥去昔游非",下阕起笔如同电影镜头的忽然转换,视野顿然开阔。鸥去必临江畔,虽则重新起笔,却如上阕首句"人绕湘皋"暗中相合,前后呼应。遥望江鸥,视线从方才的红梅近景一下子沿江伸展开去,辽远畅阔。"遥怜花可可,梦依依","可可"二字柔情万种,与花树之"小"遥相呼应,"依依"一语,缠绵温存,仿佛一涉思念,七尺男儿也不胜缱绻多情了。"九疑云杳断魂啼,相思血,都沁绿筠枝"三句,构思奇崛,一语多关,仿佛湘妃竹上的斑斑点点不仅是珠泪化作,却是点点血泪染成,白石以娥皇、女英的传说写梅,以血喻梅,构思已经出神入化,何况以娥皇、女英暗喻合肥恋人与自己的相思情意,感人更深。

清人陈廷焯《白雨斋词话》卷一有言:"所谓沉郁者,意在笔先,神馀言外。……凡交情之冷淡,身世之飘零,皆可于一草一木发之。而发之又必若隐若现,欲露不露,反复缠绵,终不许一语道破。"张炎《词源》卷下亦早有言曰:"诗难于咏物,词为尤难。体认稍真,则拘而不畅;模写差远,则晦而不明。要须收纵联密,用事合题,一段意思全在结句,斯为绝妙。"白石此词,可为例证。

浣溪沙

予女须家沔之山阳[1]，左白湖[2]，右云梦[3]；春水方生，浸数千里，冬寒沙露，衰草入云。丙午之秋[4]，予与安甥或荡舟采菱[5]，或举火置兔[6]，或观鱼簺下[7]；山行野吟，自适其适[8]，凭虚怅望[9]，因赋是阕。

著酒行行满袂风[10]，草枯霜鹘落晴空[11]。销魂都在夕阳中。　　恨入四弦人欲老[12]，梦寻千驿意难通[13]。当时何似莫匆匆。

【注释】

1　女须：即女媭，姐姐。姜夔的父亲曾在汉阳作官，姜夔的姐姐因此也嫁在汉阳。屈原《离骚》："女媭之婵媛兮，申申其詈予。"沔之山阳：村名，属今湖北汉阳，即山阳村。由于村在九真山之阳得名。

2　白湖：《汉阳府志》："太白湖，一名九真湖，周二百馀里。"在今湖北汉阳之西。

3　云梦：古薮泽名，云梦泽。《周礼·职方》称：荆州有泽薮曰云瞢。瞢同梦。《汉阳府志》："云梦故城，在沔阳州西北。"《水经注》："沔水又东南过江夏县东，夏水从西来注之，即堵口也。"

4　丙午：宋孝宗淳熙十三年（1186）。

5　安甥：白石姐姐之子名安。

6　罝（jū居）兔：以网捕兔。罝，捉兔子的网。《诗·周南·兔罝》："肃肃兔罝。"

7　簺（sài赛）：用竹木编成的栅栏，一种用于拦水捕鱼的用具。

8　自适其适：自得其乐。

9　凭虚：站立在空旷之处。

10　著酒：带着醉意。袂（mèi妹）：衣袖。

11　鹘（hú胡）：即隼（sǔn损），一种鹰类的鸷鸟。

12　四弦：指琵琶。[唐]白居易《琵琶行》："曲终收拨当心画，四弦一声如裂帛。"[宋]周邦彦《浣溪沙》："琵琶拨尽四弦悲。"

13　千驿：无数驿站。

【解读】

读本词小序好似在读一则游记，白湖云梦，风光秀丽，不仅集春秋冬日奇景于一体，更有荡舟、采菱、罝兔、观鱼……之趣，时时处处闪现着生活情趣，山野行吟，适意逍遥。游赏之馀，兴尽悲来，乃成此词。

"著酒行行满袂风"，行行重行行，酒兴酣畅，天高风劲，一派豪气已然传出。王维《观猎》诗有"草枯鹰眼疾，雪尽马蹄轻"的名句，词人巧妙点化，顿然写出开阔高扬的精神境界。但，"销魂都在夕阳中"，却给这酣畅豪迈的襟怀和开阔辽远的景象抹上一层浓浓的感伤——不，悲凉色彩。

英雄未尝不多情，白石总是难忘合肥女子。"恨入四弦人欲老"，四弦即琵琶，清真词云"琵琶拨尽四弦悲"，白居易诗云"四弦一声如裂帛"，白石《解连环》也曾写道"为大乔能拨春风，小乔妙移筝"，可证合肥女子精通琵琶技艺。唐人歌诗，或者每以琵琶意象入边塞题材，或者以琵琶女形象抒写风尘风情，白石此词，前面景象已带塞上风云，接下来自然转入风情。所谓"恨入四弦"，含有知音难再得的意思。这也便与"梦寻千驿意难通"一句的意思相连贯，写思念之苦，魂魄梦中跨越千山万水，冥冥寻向千重驿站，却是款曲难通——世上知音惟有她啊！

夏承焘在《姜白石词编年笺校》中说："此客汉阳游观之词，而实为怀合肥人作。其人善琵琶，故有'恨入四弦'句。序与词似不相应，低回住复之情不欲明言也。"然仔细品味，序与词还是相互应和的，序中说"凭虚怅望"，隐晦地表达了在"自适其适"的同时，思念起远在千里之外的合肥女子，故而词中有"梦寻千驿意难通"之慨。至于夏承焘称作者"低回往复之情不欲明言"，其一，此前白石酒后畅游，游冶兴浓，正意气爽然，自得其乐，心情尚属愉悦，借酒感怀，思念之心未必极其强烈；其二，丙午之年，白石方才三十又二，其与合肥女子最后之别当在其三十七岁之时，此时之别应属小别，而非永别，与白石后来怀合肥女子之作相比，思念之急切更甚几分。

本词与《一萼红·古城阴》皆作于丙午年，同为白石怀合肥女子。白石怀人之作始于丙午年，终于四十多岁时所作之两首《鹧鸪天》，其间跨度十馀春秋。然而白石对合肥女子赤诚之心始终未变，心心念念，寄意遥深。

探春慢[1]

予自孩幼从先人宦于古沔，女须因嫁焉。中去复来几二十年[2]，岂惟姊弟之爱，沔之父老儿女子亦莫不予爱也。丙午冬，千岩老人约予过苕霅[3]，岁晚乘涛载雪而下，顾念依依，殆不能去[4]。作此曲别郑次皋、辛克清、姚刚中诸君[5]。

衰草愁烟，乱鸦送日，风沙回旋平野。拂雪金鞭，欺寒茸帽，还记章台走马[6]。谁念漂零久，漫赢得幽怀难写。故人清沔相逢[7]，小窗闲共情话。　　长恨离多会少，重访问竹西[8]，珠泪盈把。雁碛波平[9]，渔汀人散[10]，老去不堪游冶。无奈苕溪月，又照我扁舟东下。甚日归来，梅花零乱春夜。

【注释】

1　淳熙十三年（1186）冬，词人随萧德藻赴湖州（治所在今天浙江吴兴）。这首词是留别汉阳亲友时作。

2　"中去"句：白石随其父姜噩到汉阳任所，从孝宗隆兴初，下数至此年淳熙丙午，共二十多年；此处说

"几二十年"，是以他实际在汉阳居住的年月计算，除去了当中离开的时间。这一年姜夔随萧德藻东行，似乎就再没回到过汉阳。

3　苕霅（tiáo zhà 条乍）：指苕溪和霅溪。苕溪在今浙江湖州乌程（今浙江吴兴）南，以多芦苇名。霅，水名，在乌程东南，合四水为一溪，霅，形容四水激射之声。萧德藻绍兴年间登第，初调乌程令。此时自湖湘罢官，携白石同归。

4　殆：几乎。

5　郑次皋、辛克清、姚刚中：均为白石于沔鄂所交之友。郑次皋，姜夔《奉别沔鄂亲友》其三："英英白龙孙，眉目古人气。拮据营数椽，下帘草生砌。文章作逢庭，功用见造次。无庸垂罄嗟，遗安鹿门意。"《隐逸传》云："隐居郎官湖上，不求闻达，善言名理。"辛克清，姜夔《奉别沔鄂亲友》其四："诗人辛国士，句法似阿驹。别墅沧浪曲，绿荫禽鸟呼。颇参金粟眼，渐造文字无。儿辈例学语，屋壁祝蒲庐。"姚刚中，姜夔《春日书怀叙沔鄂交游》："平生子姚子，貌古心甚儒。"

6　章台：汉长安有街名章台，繁华热闹。《汉书·张敞传》："时罢朝会，过走马章台街。"旧时曾用章台作青楼等游冶地的代称。此借指汉阳城中的大街。

7　清沔：指沔水，古代通称汉水为沔水。汉阳位于汉水之畔。

8　竹西：作者于十年前（宋孝宗淳熙三年，公元

1176年），曾自汉阳沿江东下扬州。参看《扬州慢》（淮左名都）注1和注4。

9　碛（qì气）：沙滩。

10　汀：水中或水边的平地。

【解读】

岁晚伤怀，又兼今昔感慨，最是词家骋笔之处。但由于自张炎以"清空"独许白石以来，人们已有先入之见，所以，即便词境别有独到之处，亦难以领略。其实，此词绝胜处，全在环境刻画，其真切传神处，不让清真（周邦彦），而叙写有致处，亦得"柳氏家法"（柳永）真传。

上阕"乱鸦送日，风沙回旋平野"两句，非亲历者不能道。特别是"乱鸦送日"一句，既真实具体，又渲染出一派荒寒气象。读者需细细体会那一个"乱"字，是否因为"风沙回旋平野"之故？或者因为昏鸦躁动？又或者因为作者内心烦乱之故？倘若将"乱鸦送日"的"乱"，与结句"梅花零乱春夜"的"乱"联系起来，又会有怎样的感受？总之，作者下字用语，或别有寄托，或赋写实境，而妙处每在有实有虚，并虚实相生。

翠楼吟 双调

淳熙丙午冬[1]，武昌安远楼成[2]，与刘去非诸友落之[3]，度曲见志。予去武昌十年[4]，故人有泊舟鹦鹉洲者[5]，闻小姬歌此词，问之，颇能道其事，还吴为予言之[6]；兴怀昔游，且伤今之离索也[7]。

月冷龙沙[8]，尘清虎落[9]，今年汉酺初赐[10]。新翻胡部曲[11]，听毡幕元戎歌吹[12]。层楼高峙，看槛曲萦红，檐牙飞翠。人姝丽[13]，粉香吹下，夜寒风细。　　此地，宜有词仙[14]，拥素云黄鹤[15]，与君游戏。玉梯凝望久，叹芳草萋萋千里[16]。天涯情味，仗酒祓清愁[17]，花销英气。西山外，晚来还卷、一帘秋霁[18]。

【注释】

1　淳熙丙午：宋孝宗淳熙十三年（1186）。

2　武昌：宋县名，为鄂州州治所在地，在今湖北武汉。安远楼：即武昌南楼，在今武昌西南黄鹤山上。［宋］刘过《唐多令》词曰："二十年重过南楼。"题云："安远楼小集。"

3　刘去非：白石之友。刘过《唐多令》词序云："安远楼小集……同柳阜之、刘去非、石民瞻、周嘉仲、陈孟参、孟容。时八月五日也。"落之：指参加安远楼的落成庆典。

　　4　去武昌十年：指自淳熙十三年（1186）离开武昌后至今约十年。

　　5　鹦鹉洲：洲渚名，在今武汉西南长江中。详解见《清波引》（冷云迷浦）注3。

　　6　吴：吴兴，指今浙江湖州。

　　7　离索：离群索居的孤独生活。

　　8　龙沙：泛指边关塞外的荒凉之地。《后汉书·班超传》："坦步葱、雪，咫尺龙沙。"李贤注："葱岭雪山。白龙堆沙漠也。"宋、金对峙时期，双方以淮河为界。南宋朝廷以长江北岸地区为边防地带，因此词中以"龙沙"指武昌附近的地区。

　　9　尘清虎落：指边境地区安静无事。虎落，边城的护城篱笆。

　　10　汉酺（pú葡）：汉代皇帝遇有喜庆之事，诏赐臣民聚饮，称酺。《汉书·文帝纪》："酺五日。"此处代指南宋高宗八十寿诞时，朝廷赐臣民酒钱。《宋史·孝宗纪》："是年正月庚辰，高宗八十寿，犒赐内外诸军共一百六十万缗。"

　　11　新翻：重新谱写。胡部曲：唐代流行的西凉少数民族乐曲（包括龟兹、疏勒、高昌、天竺等诸部乐）。《资治通鉴·唐肃宗至德元载》："继以鼓吹胡乐教坊、府县散乐杂戏。"《新唐书·礼乐志》："开元二十四年（736），升胡部于堂上……后又诏道调、法曲与胡部新声合作。"

12　毡幕：以毡制作的厚帐幕。一般为军队所用。元戎：军队的主将。韩愈《徐泗豪三州节度掌书记厅石记》："元戎整齐三军之士，统理所部之氓，以镇守邦国。"

13　人姝丽：指歌妓舞女十分漂亮。姝丽，美丽。

14　词仙：高雅的诗人词人。

15　素云：白云。黄鹤：见《清波引》（冷云迷浦）注4。

16　芳草萋萋：《楚辞·招隐士》："王孙游兮不归，春草生兮萋萋。"崔颢《黄鹤楼》："晴川历历汉阳树，芳草萋萋鹦鹉洲。"此处有怀念流落北方之宗室人士的意味。

17　酒祓（fú 福）清愁：谓借着酒兴来消除愁闷。祓，消除。

18　"西山外"三句：化用［唐］王勃《滕王阁》："画栋朝飞南浦云，珠帘暮卷西山雨。"西山，指江西新建西三十里之西山，又名南昌山。南昌赣江边上曾有滕王阁。

【解读】

唐代薛用弱《集异记》记"旗亭画壁"的故事，开元中，诗人王昌龄、高适、王之涣旗亭贳酒，闻伶官拊节唱诗，计数为胜，聊作一笑，传为美谈。唐代已有伶官传唱文人名作之风，到了"燕馆歌楼，举之万数"（孟元老《东京梦华录》卷五《民俗》）的宋代，更是视十七八女郎，执红牙板，新声巧笑、浅斟低唱为乐趣，以词作付清丽歌喉广泛传唱为风雅。孝宗淳熙十三年丙午（1186）冬日，武昌黄鹤山上新建成安远楼一座，白石与友人刘去非等前往观看落成庆典，自度此曲以记其事。十年后，白石泊舟鹦鹉洲头，闻年轻歌姬唱诵《翠楼吟》一词，并能道出作词原委，白石深有感触，补写词序。以"旗亭画壁"的故事比照白石此词本事，词作十年后仍为伶官们口口相传，传唱之馀且"能道其事"，如何不令作者感动！

南宋时武昌为宋人与金人对峙边界之要地，淳熙十三年和议已经达成，朝中大局安定，白石以"月冷龙沙，尘清虎落"入题，"龙沙"指金邦之地，"虎落"泛指边境地区，月冷尘清，以萧瑟气象写宁静之景，其中暗含"安远"意味，又暗合"安远楼"之"安远"字面，可谓开篇切题，言短而意长。叙罢背景，转入正题，近观楼像，"层楼高峙"。"槛曲萦红，檐牙飞翠"，八字写尽栏杆曲折、琉瓦交错之姿，作者凝神于局部，以小衬大，以细处精微灿烂衬大处巍峨耸立、气宇轩昂。"人姝丽"既与前文"歌吹"相对，又为笙歌平添一份声色。有此娉婷姝丽翩然点缀，红栏绿瓦益显分外妖娆。"粉香吹下"四字以味觉写人，香艳意态宛如琵琶遮面，暗中诱人联翩浮想，接下一句"夜寒风细"，蓦然间让一切绮丽归趋清冷，声色形态，仿佛微风轻拂而去，夜冷清幽，逝者无痕。

下阕起句"宜有"二字,暗含"并非真有"之意,"黄鹤一去不复返,白云千载空悠悠"。即便黄鹤飞来,不过是落得空悠悠的结果,更何况如此盛景不过只在梦中。后两句完全化用唐崔颢《黄鹤楼》诗意境,"玉梯凝望",凭栏远眺,见萋萋芳草,游子顿生"王孙游兮不归,春草生兮萋萋"的感喟。"日暮相关何处是,烟波江上使人愁",天涯情味,皆自客愁。结处"西山外,晚来还卷、一帘秋霁"一句,很有"欲说还休,却道天凉好个秋"的意味,然用词秀美,更显得含蓄蕴藉。临风遣怀,高处不胜寒,看西山外一片静默,唯有风卷一帘秋霁。看似化用王勃《滕王阁》中的"画栋朝飞南浦云,珠帘暮卷西山雨",但出自词家句律,别有几分幽怨意绪。

踏莎行

自沔东来,丁未元日[1],至金陵[2],江上感梦而作。

燕燕轻盈,莺莺娇软[3],分明又向华胥见[4]。夜长争得薄情知[5]?春初早被相思染。　　别后书辞,别时针线,离魂暗逐郎行远[6]。淮南皓月冷千山[7],冥冥归去无人管[8]。

【注释】

1　丁未元日:宋淳熙十四年(1187)正月初一。

2　金陵:在今江苏南京。

3　燕燕、莺莺:指所爱之人。苏轼赠张先诗《张子野年八十五尚闻买妾述古令作诗》:"诗人老去莺莺在,公子归来燕燕忙。"姜词所怀合肥女子大概为勾栏中姊妹。

4　华胥:梦境。《列子·黄帝》:黄帝"昼寐而梦,游于华胥氏之国"。

5　争得:怎得,怎么会。薄情:对恋人的昵称。[宋]李献民《云斋广录》载,进士丁渥在太学,其妻寄诗云:"泪湿香罗帕,临风不肯干。欲凭西去雁,寄与薄情看。"

6　郎行:情郎那里。一说,郎行,指郎。行,衬字,含昵称之意。

7　淮南：指合肥（南宋时属淮南路），作者有情人在合肥，有词《鹧鸪天》曰："肥水东流无尽期，当初不合种相思。"但他从汉阳去金陵，未能在中途去探望。此处明言"淮南"，可确定此词乃为怀念合肥女子而作。

8　冥冥：幽暗，此处指夜里。

【解读】

淳熙十四年元月初一的夜晚，自汉阳东去湖州、途中落脚金陵的白石因一梦而得本词。因其经典，遂成白石代表作之一。虽寥寥数语，而意境悠远。

"燕燕轻盈，莺莺娇软"，起句便知白石所怀之人必定是他一直念念不忘的合肥女子。"燕燕、莺莺"，兼及"轻盈"、"娇软"之词，语调缠绵缱绻。"分明又向华胥见"，直接将主题引入梦境。写梦，关键在那个"又"字，大有夜夜斯人入梦来的意趣。

"夜长争得薄情知？春初早被相思染"，乃白石梦中情人自述，大约是梦中得见久别情郎，佳人一腔委屈百般惆怅，皆以嗔怪口吻道出：多少长夜独卧，孤衾难眠，薄情之人焉知此相思之苦？言梦中相思者向来多见，然白石下一"染"字，似言感染，又似言渲染，细思之，如一片浓郁之绿，迷离扩散而去，道不清是相思染了春初，抑或是春初染了相思。

"别后书辞，别时针线"，书辞乃佳人临别所寄，岑参有诗曰:"相思难见面,时展尺书看。"(《虢州酬辛侍御见赠》)白石词意也如是。几载分别,天涯一方,云中谁寄锦书来?时时检阅,记忆犹新;针线乃佳人临别所赠衣衫,临行密密缝,意恐迟迟归,一针一线间缝进了恋人多少牵挂,多少惦念?而在白石眼中,着体之衣容纳着佳人多少体恤,多少温存。"离魂暗逐郎行远",好还是好在"暗"字上,自己梦中情人痴心不改,她的梦魂好像暗中跟着我,走了好远好远。为什么是"暗逐"?需要联系结句来理解。最后两句视线转向作者的心理时空,想象着情人魂魄归去的光景,月色如雪,清冷地洒遍通向淮南的千山万水,一派冰冷寂寞中,任凭她一人孤独地归去,无依无靠。前面写"暗逐",不也是"无人管"吗?来也寂寞,去也寂寞。明明是写自己魂绕梦牵,却将梦境落实,担心着她千里迢迢的归程,千山万水,冷月无情,来也如此,去也如此。

自古以来,痴情人的情思世界总是富有魅力的,诗人词家,体会深切处,往往情深意美,一点灵犀,激发奇妙想象,其意象自然灵动。然而,想象再妙,倘若无关真情,也是枉然。白石此词,最终是以"体贴"二字传神写意。纵观全词,除了刻骨的思念外,一种浓郁的负疚之情隐隐约约潜藏在清丽的词句中间。"夜长争得薄情知"一句以佳人之口嗔怪己身,实则乃白石心中一直深深埋藏的自责。特别是最后一句,之所以成为白石千古传诵的名句,自然得意于其造境笔法的高妙奇绝,然我始终认为,也离不开其感情的真挚，如此清冷的山水画面中，一伶仃女子黯然而去，带着千般惆怅、万种伤心踽踽远行，人人读后，怜香惜玉之情焉何不生？无怪乎王国维曾有言道："白石之词，余所最爱者，亦仅二语，曰'淮南皓月冷千山，冥冥归去无人管'。"（《人间词话》删稿）

杏花天影

丙午之冬[1],发沔口,丁未正月二日[2],道金陵,北望淮楚风日清淑[3],小舟挂席[4],容与波上[5]。

绿丝低拂鸳鸯浦[6]。想桃叶当时唤渡[7]。又将愁眼与春风,待去,倚兰桡更少驻[8]。　　金陵路、莺吟燕舞。算潮水知人最苦[9]。满汀芳草不成归[10],日暮,更移舟向甚处。

【注释】

1　丙午:宋孝宗淳熙十三年(1186)。沔口:汉水入江之处,今属湖北省。

2　丁未:宋孝宗淳熙十四年(1187)。

3　淮楚:指淮水流经的安徽流域一带。姜夔有恋人在合肥。清淑:清和、清朗。

4　挂席:扬帆行舟。[南朝宋]谢灵运《游赤石进帆海》诗:"扬帆采石华,挂席拾海月。"

5　容与:悠闲自得的样子,这里指船随水波上下缓缓荡漾。

6　鸳鸯浦:鸳鸯栖息的水滨。

7　"想桃叶"句:桃叶,东晋王献之的爱妾,相传王献之曾在金陵秦淮河渡口作歌送别桃叶。《隋书·五行志》载王献之《桃叶歌》："桃叶复桃叶，渡江不用楫，但渡无所苦，我自迎接汝。"唤渡，指呼舟渡江。

8　兰桡（ráo 饶）：精美的舟楫。少驻：稍作停留。

9　"算潮水"句：潮水常见离人依依惜别之情，更知人离别之苦。

10　"满汀"句：《楚辞·招隐士》："王孙游兮不归，春草生兮萋萋。"汀，指江中沙洲。

【解读】

本词为怀念合肥恋人之作，白石应邀随萧德藻乘舟下湖州，正月初一抵达金陵，次日泛舟江上，遥望淮楚，见江上烟波浩淼，顿生无限情思。

首句写岸边柳丝低垂，鸳鸯交颈的景致，笔法上一如《诗经》开篇"关关雎鸠，在河之洲"（《诗经·周南·关雎》）之起兴，意趣上又如杜甫"泥融飞燕子，沙暖睡鸳鸯"（《绝句》）之温馨。因途中取道金陵，便恰得睹物思人，桃叶唤舟渡江之典清晰如在目前，缠绵幽情不禁陡然而生。细柳爱禽，本是春光绚烂的季节，然思人渐远，眼中却含一派惆怅。以愁眼望春风，万物皆着我愁。将欲离去，遁离伤心之地或可摆脱满腹怅惘，又不料偏偏不忍离去，倚舟回望，恋恋不舍。

"金陵路"三句写秦淮河畔一片莺歌燕舞，此地之繁盛正与内心孤寂相互观照，想一片莺燕如何解得过客只身漂泊、与恋人相隔山水之愁闷。"算潮水知人最苦"，创意绝佳，把潮水拟人化，东流之水日日看多少来往离别，送几度舟楫荡然随波直下？只怕天下离愁都被流水看尽了罢，自是知人最苦！"满汀芳草"三句化《楚辞》意境，写春色浓郁，满目青葱，可惜芳草虽盛，万物欣然，于爱禽皆为佳季，于己却不到归期，"日暮乡关何处是，烟波江上使人愁"，"移舟"一句满带一片迷茫心绪，孤身无靠的失落之感与日暮的情景彼此交融，如同勾画出一幅斜阳孤舟的图画。

惜红衣

吴兴号水晶宫[1]，荷花盛丽。陈简斋云："今年何以报君恩，一路荷花相送到青墩。"[2]亦可见矣。丁未之夏，予游千岩[3]，数往来红香中，自度此曲，以无射宫歌之[4]。

簟枕邀凉[5]，琴书换日，睡馀无力。细洒冰泉，并刀破甘碧[6]。墙头唤酒[7]，谁问讯城南诗客。岑寂，高柳晚蝉，说西风消息。　　虹梁水陌[8]，鱼浪吹香，红衣半狼藉。维舟试望[9]，故国眇天北[10]。可惜渚边沙外，不共美人游历。问甚时同赋、三十六陂秋色[11]。

【注释】

1　吴兴：今位于浙江湖州。水晶宫：吴兴境内有苕溪、霅溪，水清如镜，亭台楼阁皆可倒映其中，因此，被善言者称之为水晶宫。［宋］吴曾《能改斋漫录》："杨濮守湖州，赋诗云：'溪上玉楼楼上月，清光合作水晶宫。'其后遂以湖州为水晶宫。"［宋］程大昌文简公词《水调歌头》序："水晶宫之名，天下知之，而此邦图志元不能主名其所，某尝思之：苕霅水清可鉴，屋邑之影入焉，而霮栋丹垩，悉能透视本象，有如水玉。故善为言者以哀撮其美而曰：此其宫盖水晶为之，如骚人之谓宝阙珠宫，正其类也。"

2 "陈简斋"三句：陈与义，号简斋，北、南宋之交诗人，南渡后曾担任过参知政事。其词作《无住词·虞美人》序："予甲寅岁，自春宫出守湖州，秋杪道中，荷花无复存者。乙卯岁，自琐闼以病得请奉祠，卜居青墩镇。立秋后三日，行舟之前后如朝霞相映，望之不断也。以长短句配之。"词云："扁舟三日秋塘路，平度荷花去。病夫因病得来游，更值满川烟雨洗新秋。去年长恨拏舟晚，空见断荷满。今年何以报君恩，一路繁花相送到青墩。"

3 千岩：在湖州弁山。又名卞山，《弘治湖州府志》："卞山在乌程县西北十八里。"

4 无射宫：宫调之一。即十二律中无射律之宫音。

5 簟（diàn 店）：竹制的凉席。

6 并刀：并州（今山西太原一带）出产的刀具，以锋利著称。[宋]周邦彦《少年游》："并刀如水，吴盐胜雪，纤手破新橙。"

7 墙头唤酒：隔着院墙向酒担买酒。[唐]杜甫《夏日李公见访》诗："隔屋唤西家，借问有酒不？墙头过浊醪，展席俯长流。"[宋]辛弃疾《浣溪沙·常山道中即事》词有句云："隔墙沽酒煮纤鳞。"

8 虹梁：构建精美的桥。[唐]陆龟蒙《咏皋桥》

诗："横截春流架断虹。"

9　维舟：系舟。

10　故国：昔日的京城。此指北宋的汴京（今河南开封）。眇（miǎo渺）：通"渺"，辽远的样子。

11　三十六陂（bēi杯）：指数不清的水塘。陂，池塘。[宋]王安石《题西太乙宫壁》诗："柳叶鸣蜩绿暗，荷花落日红酣。三十六陂春水，白头想见江南。"

【解读】

淳熙十四年丁未（1187），白石依萧德藻寓居吴兴（今浙江湖州），感吴兴荷花盛丽，遂作此词，并特引陈与义居吴兴青墩镇时所写《虞美人》词句"今年何以报君恩，一路荷花相送到青墩"同自家心境相印证。

词作以《惜红衣》为调名，透露出白石对荷花凋零的怜惜。入题却笔锋一转，不谈荷花，偏以描绘夏日的官能感受开始。白石词向以意境清空著称，以清空写梅、写荷、写景色之作颇多，这里将暑日懈怠枯燥之感以清空笔触写出，不仅见笔端功力，更见个中性情。常态写夏，或写酷暑炎炎，日长慵懒；或写暑末近秋，鸣蝉萧条。白石独辟蹊径，以凉写暑，状暑中之景而不见躁热。开篇用对偶句起，"簟枕邀凉，琴书换日"，一"邀"，一"换"，把枕席、琴书等客观情景拟人化，表面写季节，实写主观心意，物态也即刻生动鲜活起来。

曹丕《与朝歌令吴质书》诗曰："浮甘瓜于清泉。"唐李颀《夏宴张兵曹东堂》诗言："羽扇摇风却珠汗，玉盆贮水割甘瓜。"古人以凉水镇果品，再配以精巧器皿，瓜果鲜美姑且不提，仅此解暑之雅趣，想来已令人着迷。今白石"细洒冰泉，并刀破甘碧"一句，以甘、碧之感觉代替瓜果称谓，甘乃食之味，碧乃视之色，色味相和，"通感"一气，何等舒爽！唯享有者仅作者自己一人，不免添几缕惆怅。

接着"墙头唤酒"几句，借用杜甫诗句，直抒只身客居的诸多寂寞。杜甫自比"城南诗客"，赋诗《夏日李公见访》曰："远林暑气薄，公子过我游。贫居类村坞，僻近城南楼。傍舍颇淳朴，所须亦易求。隔屋唤西家，借问有酒不。墙头过浊醪，展席俯长流。清风左右至，客意已惊秋。巢多众鸟斗，叶密鸣蝉稠。苦遭此物聒，孰谓吾庐幽。水花晚色静，庶足充淹留。预恐樽中尽，更起为君谋。"杜甫客居之时，有客来访，尚可向邻家借酒，自己却索居孤僻，门前冷落，何人问讯？"岑寂"以下，清寂之境渐深，西风消息暗喻秋风将至，时序变迁，悲秋落寞之情隐约其中。

"虹梁水陌，鱼浪吹香"，先以虹之形状桥之美，再以暗香引发对荷花幽雅姿态的浮想。众所周知，荷之香近而嗅之反而无味，风飘过处却冷香浮动。此处鱼浪吹之，不仅一派"鱼戏莲叶间"的风韵，也突出了未见荷影先闻其香的效果。然细看去，竟是"红衣半狼藉"，毕竟西风消息，摇落一池碧荷，花瓣凋零处，无限凄凉意。看罢残荷，舍舟登岸，遥望北天故国，惟渺茫而已。怀人的主题到此才意味渐浓，眼前纵有"三十六陂秋色"，"甚时同赋"一"问"，已经将秋色赋的雅兴融入深深的孤寂之感中了。只是，那位"美人"是谁呢？

石湖仙 越调

寿石湖居士[1]

松江烟浦[2]，是千古三高[3]，游衍佳处[4]。须信石湖仙，似鸱夷翩然引去[5]。浮云安在[6]，我自爱、绿香红舞。容与，看世间几度今古。

卢沟旧曾驻马，为黄花闲吟秀句[7]。见说胡儿，也学纶巾欹雨[8]。玉友金蕉[9]，玉人金缕[10]，缓移筝柱[11]。闻好语，明年定在槐府[12]。

【注释】

1 石湖居士：范成大，南宋诗人，字致能，号石湖居士。吴郡（治今江苏苏州）人，绍兴二十四年（1154）进士。宋孝宗乾道三年（1167）知处州。五年召为礼部员外郎、国史院编修。后历知静江府、成都府、明州、建康府、太平州等。晚年退居故里石湖间。石湖在苏州西南，风景优胜，范成大曾面湖筑亭，孝宗赵昚（shèn 慎）书"石湖"二字赐之，因自号石湖居士。光宗绍熙四年（1193）九月卒。姜夔曾得到范成大许多帮助，二人交往甚密。

2 松江：即吴淞江的古称，到吴淞口入长江。

3 三高：吴江有三高祠，祭奉越国范蠡、晋人张翰、唐代陆龟蒙三位高洁之士。[宋]范成大有《三高祠记》。姜夔有《三高祠》诗云："沉思只羡天随子，蓑笠寒江过一生。"

4　游衍：纵情游乐。[唐]王维《桃源行》："山洞无论隔山水，辞家终拟长游衍。"

5　"鸱夷"句：事见《史记·越王句践世家》。春秋越国大夫范蠡助越王勾践灭吴后，功成身退，浮海至齐国，变姓名，自号鸱夷子皮，省称鸱夷子。范成大亦尝以"鸱夷"典故入词。如《念奴娇·吴波浮动》："家世回首沧洲，烟波渔钓，有鸱夷仙迹。"

6　浮云：比喻不值得关心之事。《论语·述而》："不义而富且贵，于我如浮云。"

7　"卢沟"二句：宋孝宗乾道六年（1170），范成大曾出使金国，当时金国定都在今北京，卢沟桥乃北京名胜，范成大曾于此驻马，并写有《水调歌头·燕山九日作》，其中有"无限太行紫翠，相伴过芦沟"之句，还有"黄花为我，一笑不管鬓霜羞"之句。范成大《石湖集》有《卢沟燕宾馆》诗，则有"雪满西山把菊看"之句。卢沟，今永定河。

8　"见说胡儿"二句：《宋史》卷三百八十六《范成大传》：范成大充金祈请国信使，"金迎使者慕成大名，至求巾帻效之"。《石湖集》有《蹋鸱巾》诗，注云："接送伴田彦皋，爱予巾裹求其样，指所戴蹋鸱巾有愧色。"诗有"雨中折角君何爱"句。蹋鸱巾，金人所戴头巾名。纶巾欹雨,指丝制头巾折角挡雨,这里化用郭泰林宗巾故事。据《后汉书·郭泰传》记:"郭泰,字林宗,太原界休人也。……尝于陈梁间行遇雨,巾一角垫,时人乃故折巾一角,以为'林宗巾'。"

9　玉友:酒名,宋代以糯米和酒曲制酒,色白如玉,称玉友。[宋]辛弃疾《鹧鸪天》:"呼玉友,荐溪毛,殷勤野老苦相邀。"金蕉:酒杯名。[宋]周邦彦《蓦山溪》词:"翠袖捧金蕉,酒红潮、香凝沁粉。"

10　玉人:指美人。金缕:金缕衣,曲调名。

11　缓移筝柱:从容弹奏筝曲。筝柱,古代乐器筝上的承弦之柱。

12　槐府:宋代学士院中有槐厅。《梦溪笔谈》:"学士院第三厅学士阁子,当前有一巨槐,素号槐厅。旧传居此阁者,多至入相。"

【解读】

寿词,既要得体,又要骚雅,更要见出作者性情志趣,所以不易。起句就眼前风物抒发,"千古三高",已表明了自家趣味所在,而将范成大比作范蠡,又正合范的心思,"翩然引去"四字,写出"仙"意,虽视功名富贵如"浮云",但仍然拥抱生活,所以说"我自爱绿香红舞"。为人祝寿,只说寿星如仙,固然含长生不老的祝福,但仿佛不食人间烟火,这嘱咐中便少了"幸福"的祝愿了。只不过,这现实中的生活"幸福",并非他物,而是被周敦颐喻为"花之君子"的荷花,可见,人格的清亮高洁,乃是其人安身立命的根本。也因此,到"容与,看世间几度今古",就是"阅世走人间,观身卧云岭"者才能有的沧桑之感了。范成大在南宋时代,本就是一位极有见识、极有风骨的人物,所以作者如此评说与抒写,绝无阿谀之嫌。

下阕花去不少笔墨写范成大使金的经历与感受,卢沟驻马,黄花吟诗,其实是在应和上阕"世间几度今古"的深长感慨,一江之隔,本来只是风光的不同,而现在却是两个世界了,所谓"今古"者,分明有前朝今朝的意思。为范成大祝寿而写其生涯中的重大事件,本是题内应有之义,但如此写法的用意,还是需要体会的:若说"为黄花闲吟秀句"旨在表现其人之神闲气定,那么,接下来"胡儿"句的用心,当是在凸显其人风采已令对方倾倒了。如此富有人格风采的人物,正当国家用人之际,怎可久居林泉?因此,结束的祝福就自然是"闻好语,明年定在槐府"了。

点绛唇

丁未冬过吴松作[1]

燕雁无心[2],太湖西畔随云去。数峰清苦,商略黄昏雨[3]。　第四桥边[4],拟共天随住[5]。今何许[6],凭栏怀古,残柳参差舞。

【注释】

1　丁未:宋孝宗淳熙十四年(1187)。吴松:即今吴江。本年春,姜夔曾由杨万里介绍到苏州去见范成大。

2　燕(yān 淹)雁:北方飞来之雁。燕,北国燕赵之地,此处泛指北方。李商隐有诗曰:"已断燕鸿初起势。"

3　商略:商量,准备,酝酿。此处指遥望远峰,雨意正浓。

4　第四桥:指吴江城外的甘泉桥。[清]郑文焯《绝妙好词校录》:"宋词凡用四桥,大半皆谓吴江城外之甘泉桥……"[清]乾隆《苏州府志》:"甘泉桥一名第四桥,以泉品居第四也。"

5　天随:晚唐诗人陆龟蒙,号天随子,隐居松江甫里,临近苏州。当时杨万里等人拟用陆龟蒙的天然情趣挽救江西诗派生涩之流弊。白石虽为江西人氏,论诗却服膺陆龟蒙。陆龟蒙不羡权贵,恬淡江湖的性格也很合白石性情。白石曾赋诗《三高祠》："沉思只羡天随子，蓑笠寒江过一生。"亦有诗《除夜自石湖归苕溪》："三生定是陆天随，又向吴松作客归。"此处亦借词表白心意。

6　何许：何处、何时。

【解读】

南宋淳熙十四年丁未（1187）冬，白石往返于湖州苏州之间，过吴松（今江苏吴江），作此词。晚唐诗人陆龟蒙生前曾隐逸本地，陆龟蒙是白石平生最为心仪的人物，特寻访至此，踏先人之足迹，发思古之幽情。

"燕雁无心"，燕雁，冬日北来南飞之雁。白石平生浪迹江湖，睹四季更替、燕雁迁徙，徒生飘泊之叹。燕雁无心，不刻意，非有意，人如燕雁，当顺应自然。"太湖西畔随云去"，写雁随流云，意象非常灵妙，更传天然意趣。"去"状飞远之态，极目天涯，天水一际，视野豁然开朗，境界尤见高远。陆龟蒙有诗《秋赋有期因寄袭美（皮日休）》曰："云似无心水似闲。"《和袭美新秋即事》："心似孤云任所之，世尘中更有谁知。"白石借用诗意，写雁去无踪，寓万物自然之理。宋陈郁《藏一话腴》说白石"襟期洒落，如晋宋间人。语到意工，不期于高远而自高远"。此词是最好的例证。

"数峰清苦"，见白石至真性情。何谓之"清"？清淡、清澈中见迷蒙，如水墨相和的画境，如宁静幽深、清雅高远的心境。何谓苦？倘若以苦思色，必非鲜艳色泽可比，唯灰黑二色似之。灰黑二色，恰是水墨格调，从而与"清"之画境珠联璧合。而山峰的"清苦"，实则是心境的清苦，"商略黄昏雨"，既是心绪的商略，商量、酝酿，也是山雨氤氲的生动写照。卓人月《词统》评白石词："'商略'二字诞妙。"俞陛云《唐五代两宋词选释》云："欲雨而待'商略'，'商略'而在'清苦'之'数峰'，乃词人幽渺之思。白石泛舟吴江，见太湖西畔诸峰，阴沉欲雨，以此二句状之。"数峰本来清苦，兼及黄昏欲雨，更添诸多惆怅。沈祖棻先生曾曰："燕雁或者有知，而以'无心'为说；山峰纯属无知，而以'商略'为言，便是夺化工处。"

"第四桥边，拟共天随住"，《吴郡图经续志》云："陆龟蒙宅在松江上甫里。"松江即吴江。陆龟蒙自号"天随"，语出《庄子·在宥》："神动而天随。"意为精神每动皆随天然。陆龟蒙又自称江湖散人，《江湖散人传》云："散人，散淡之人也。心散，意散，形散，神散，既无羁限，为时之怪民。"此词上阕写身在天随故地，因地怀古，睹物思人，千古幽情一气，浑忘古今相隔，冥冥中神理相接。"今何许？凭栏怀古，残柳参差舞"，何许有"何时"之意：陈子昂《赠赵六贞固二首》："良辰在何许，白日屡颓迁。"又有"何处"之意：刘长卿《杪秋洞庭中，怀亡道士谢太虚》："故园复何许，江海徒迟留。"又有"为何"之意：万楚《题情人药栏》："敛眉语芳草，何许太无惜。"还有"如何"之意：唐杜甫《严氏溪放歌行》"东游西还力实倦，从此将身更何许。""今何许",集众意于一身,囊历史、人生、自然、天道于其中。这是怀古伤今,吴松旧属吴越之地,凭栏而望,吴越春秋,血雨腥风,却在残柳斜阳之间。白石另有诗曰:"美人台上昔欢娱,今日空台望五湖。残雪未融青草死,苦无麋鹿过姑苏。"(《除夜》)将词比诗,词境另是一种凄婉和苍凉。

沈祖棻先生有评曰:"白石结处每苦力竭,此则力透纸背,有馀不尽。"俞陛云《唐五代两宋词选释》曰:"'凭阑'二句其言往事烟消,仅馀残柳耶?抑谓古今多少感慨,而垂杨无情,犹是临风学舞耶?清虚秀逸,悠然骚雅遗音。"陈廷焯《白雨斋词话》:"白石长调之妙,冠绝南宋;短章亦有不可及者,如《点绛唇·丁未冬过吴松作》一阕,通首只写眼前景物,至结处云:'今何许?凭阑怀古,残柳参差舞。'感时伤事,只用'今何许'三字提唱,'凭阑怀古'下,仅以'残柳'五字咏叹了之,无穷哀感,都在虚处。令读者吊古伤今,不能自止,洵推绝调。"可谓真知灼见。戈载《七家词选》谓白石词"清气盘空,如野云孤飞,去留无迹",直道本词艺术造诣之真谛!

夜行船

己酉岁[1]，寓吴兴，同田几道寻梅北山沈氏圃[2]，载雪而归。

略彴横溪人不度[3]，听流澌、佩环无数[4]。屋角垂枝，船头生影，算唯有、春知处。回首江南天欲暮，折寒香、倩谁传语[5]。玉笛无声，诗人有句[6]，花休道、轻分付[7]。

【注释】

1 己酉：宋孝宗淳熙十六年（1189）。

2 田几道：不详。北山沈氏圃：吴兴南宋时有南北沈尚书二园，北沈为沈宾王尚书园，于城北奉胜门外，宾王号北村，又名自足，［宋］叶适《水心先生文集》有北村的记载。《姜虬绿年谱》记，北山即苍弁。姜钞《白石集》有"虬绿白石洞天在苕溪考"三条，叫做苍弁小玲珑，一名沈家白石洞，后人简称为"沈家"。这里"北山沈氏圃"不知是北村抑或沈家。

3 略彴（zhuó 酌）：小木桥。

4 流澌：流水。《汉书·王霸传》："河水流澌，无船，不可济。"

5 折寒香：折下梅枝。［北魏］陆凯有诗《赠范晔》：

"折花逢驿使，寄与陇头人。江南无所有，聊寄一枝春。"寒香，指寒冷中绽放的梅花。

6 玉笛无声：指没有人吹奏《梅花落》古曲。李白《与史郎中钦听黄鹤楼上吹笛》："一为迁客去长沙，西望长安不见家。黄鹤楼中吹玉笛，江城五月落梅花。"

7 "花休道"句：意谓梅花不要埋怨诗人对它看得太轻。分付，处置。

【解读】

这是一首记游词，其时白石居住吴兴，赋闲无事，往北山沈氏圃寻梅玩赏。

序文"载雪而归"四字意趣无穷。试想，乘兴游赏原该有多少曲折情节赏心乐事需要言说，归去时，竟只字不提，将寻赏过程通通略去，惟以"载雪"意象引领词意，仿佛世间万千景象惟剩天地间的浩然雪白，何等神清气爽，襟怀澄澈。

词的上阕以行踪为线，全力写景，一路行来，流水相伴，叮咚在耳，在一片寂静中益发清脆可人。"佩环无数"的联想，非多情种子不能，有道是女儿家是水做的骨肉，所以，由水声连绵、清脆悦耳的听觉转换到少女盈盈、佩饰摇摇的情景，构思实在是清灵有致。"屋角垂枝，船头生影"一句的构思，承上句而连绵其巧妙构思。梅花吟咏，原是文人家常事，他们大多藉此表达高洁的人格追求，但歌咏既多，难免造成意象世界的拥挤，而为了避免词语、意象、故实方面的重复，作者每要施展艺术的化解术。此处正暗暗化解了林逋"疏影横斜水清浅，暗香浮动月黄昏"诗意中的"疏影横斜"意象，颇得黄山谷所谓"夺胎换骨"之妙。试想，"屋角垂枝"原是直观意象，举目可见，下面倘若接着正面描写，必然流于平庸，白石至此笔锋一转，将视角转换到水上，倒影迷离，船行水送，仿佛梅影也一路相伴而去，带着初绽的春色，何等浪漫雅致！而那像电影蒙太奇手法一样的意象组合，便使这原本单调的景象变得丰富而丰满了。

下阕语意双关，虽笔下写梅花，而立意在怀人。"折寒香"将梅花的倩影化作嗅觉感受，陆凯折花赠友，仿佛寄出一枝早春，白石折寒香，好似折下一枝心香。笛有名曲《梅花落》。玉笛无声，无人吹奏《梅花》名曲，或许是生怕惊了高洁的花魂。"花休道，轻分付"以花喻人，婉曲地表达了不能与心中美人长相厮守的怅惘。白石写梅之作常暗含怀念心中女子的意味，此处又将怀人之情与游赏之事暗自融合，足见旧情难忘，久萦胸中。

浣溪沙

己酉岁客吴兴[1]，收灯夜阖户无聊[2]，俞商卿呼之共出[3]，因记所见。

春点疏梅雨后枝，翦灯心事峭寒时[4]，市桥携手步迟迟。　　蜜炬来时人更好[5]，玉笙吹彻夜何其[6]，东风落靥不成归[7]。

【注释】

1　己酉：宋孝宗淳熙十六年（1189）。吴兴：旧郡名，宋代为湖州，即今浙江湖州。

2　收灯：指正月十六日夜，灯节结束的那一天，这是南宋放灯的风俗。［宋］孟元老《东京梦华录》卷六："至十九日收灯。"［宋］吴自牧《梦粱录》卷一载："正月十五日元夕节……至十六夜收灯，舞队方散。"

3　俞商卿：白石之友。名灏，字商卿，世居杭州，晚年于西湖九里松筑室，作有《青松居士集》。

4　翦灯心事：收灯。峭寒：料峭寒气。［宋］徐积《杨柳诗》："清明前后峭寒时，好把香棉闲抖擞。"

5　蜜炬：蜡烛。蜜炬来时，指秉烛而游。［宋］贺铸《呈纤手·玉楼春》："蜜炬垂花知夜久。"

6　吹彻：言笙声不已。［南唐］李璟《山花子》：

"小楼吹彻玉笙寒。"夜何其：夜已何时，典出《诗经·小雅·庭燎》："夜如何其，夜未央。"

7　东风落靥：此处比喻东风将梅花瓣吹落的样子。靥，面颊上的微涡。

【解读】

本词作于己酉（1189）正月，将近十年后，即丁巳（1197）正月，白石又写过一组与正月相关的词《鹧鸪天》。前后对比，今夜虽是观灯夜，词作也以此为题，角度却各有不同。《鹧鸪天》或写丁巳元日，或写正月观灯，或写元夕不出，或写十六夜出……不管何处下笔，总处处透出节日气氛，而这首《浣溪沙》却独出心裁，不写节日盛景，但写灯夕过后，与友人秉烛夜游的经历，闹中取静，竟然远比写喧闹更动人心。

"春点疏梅雨后枝，翦灯心事峭寒时"两句，真所谓"清空而又骚雅"。于情意讲，惜梅心事，乃叹息于春来匆匆，不过一般伤春意绪而已。但所谓"翦灯心事"，引出李商隐《夜雨寄北》情景，言外自有许多令人想象处：此地是否也有类似李商隐那样的意思，比如是："何当共剪西窗烛，却话春点雨梅时"？何况，首句"春点"所塑造的"春点疏梅雨后枝"的意象，非常诗意化，清寒寂寥中带有几分雅润清丽，很耐品味。

"市桥携手步迟迟"，"迟迟"两字写出层层心意，白石此行因收灯后百无聊赖引起，友人俞商卿呼之乃出，俞商卿不呼他人而单唤白石，显然两人情谊非同寻常，在举城喧闹过后携手漫步，正是友人彼此交心的最佳时刻。步履缓慢，交谈喁喁，生怕急促的脚步破坏了这份心灵间的宁静。

玉笙呜呜，江梅点点，行行走走，好不惬然。可惜一阵东风吹来，梅花吹落，望之不禁失神。"东风落靥"一句，以美人笑靥比娇嫩梅花，韵致清绝，思之如画，美不胜收。

琵琶仙[1]

《吴都赋》云："户藏烟浦，家具画船"[2]，唯吴兴为然，春游之盛，西湖未能过也[3]。己酉岁[4]，予与萧时父载酒南郭[5]，感遇成歌。

双桨来时，有人似、旧曲桃根桃叶[6]。歌扇轻约飞花[7]，蛾眉正奇绝。春渐远，汀洲自绿，更添了、几声啼鴂[8]。十里扬州，三生杜牧[9]，前事休说。　　又还是、宫烛分烟[10]，奈愁里匆匆换时节。都把一襟芳思，与空阶榆荚[11]。千万缕、藏鸦细柳[12]，为玉尊、起舞回雪。想见西出阳关[13]，故人初别。

【注释】

1 本词作于宋孝宗淳熙十六年（1189）。其时姜夔正在吴兴（今浙江湖州），与萧时父等友人载酒春游，感遇而作此词。姜夔二十多岁时在合肥曾有一段刻骨铭心的恋情，据夏承焘先生考释，姜夔所恋之人为合肥两位女子，此处大约以"桃根桃叶"比其人姐妹二人。合肥人善琵琶，这姐妹之中亦有一人工于此技。白石《解连环》词有"大乔能拨春风"句，《浣溪沙》有"恨入四弦"句，都暗示了这一点。本词调名又曰"琵琶仙",大约也是如此之故。另外,姜夔的合肥情事与柳有关,他很多怀念合肥情事的作品都写到柳的意象,绍熙二年辛亥(1191)作《醉吟商小品》,全首咏柳,当时正是他作别合肥那一年,确定的调式亦为"琵琶曲"。本词下阕暗含唐人咏柳诗的三个典故("宫烛分烟"用韩翃;"空阶榆荚"用韩愈;"西出阳关"用王维),意也正在于此。

2 "吴都赋"三句:此处姜夔引文有误。[唐]李庚《西都赋》云:"户闭烟浦,家藏画舟。"

3 "唯吴兴"三句:[宋]苏泂《泠然斋集》卷六《苕溪杂兴》四首之二云:"美人楼上晓梳头,人映清波波映楼。来往行舟看不足,此中风景胜扬州。"从中可以略微窥到湖州在宋朝时候游衍的盛况。

4 己酉:指淳熙十六年(1189)。

5 萧时父:萧德藻的子侄辈。南郭:此指城南。

6 旧曲:旧时坊曲。[清]郑文焯《清真集校》曰:"倡家谓之曲,其入选教坊者,居处则曰坊。"桃根桃叶:桃根为桃叶妹妹。详见《杏花天影》(绿丝低拂鸳鸯浦)注7。

7 约:拍。

8 鴂(jué绝):鹈鴂的省称,即杜鹃,又名子规。《楚辞·离骚》"恐鹈鴂之先鸣兮,使夫百草为之不芳。"

9 十里扬州:详见《扬州慢》(淮左名都)注5、7和9。三生杜牧:[宋]黄庭坚《广陵早春》诗云:"春风十里珠帘卷,仿佛三生杜牧之。"三生,指前生、今生、后生三世人生。

10 宫烛分烟:古代寒食节(清明前一天或前二天)相传起于晋文公悼念介之推,介之推因不愿出仕,宁愿抱木焚烧而死,于是晋文公定该日禁火寒食。唐代制度,到清明这天皇帝宣旨取榆柳之火赏赐近臣,以示皇家恩典。〔唐〕元稹《连昌宫词》"特敕街中许燃烛"。〔唐〕韩翃有诗《寒食》曰:"日暮汉宫传蜡烛,轻烟散入五侯家。"

11 榆荚:榆树的果实,形状如元宝,成串挂在树上。〔唐〕韩愈诗《晚春》之一:"杨花榆荚无才思,惟解漫天作雪飞。"之二:"榆荚只能随柳絮,等闲撩乱走空园。"

12 藏鸦细柳:形容柳条生长稠密。〔宋〕周邦彦《渡江云》:"千万丝、陌头杨柳,渐渐可藏鸦。"

13 西出阳关:借〔唐〕王维《送元二使安西》诗句:"劝君更尽一杯酒,西出阳关无故人。"后来乐工把此诗谱写为《阳关三叠》,于离别的酒宴上演唱。此借指别宴上的乐曲。

【解读】

张炎云:"白石《琵琶仙》,少游秦观《八六子》,全在情景交链,得言外意。"(《词源》)许昂霄云:"'都把一襟芳思'至末,句句说景,句句说情,真能融情景于一家者也。曲折顿宕,又不待言。"(《词综偶评》)此词颇有清真章法之致。发唱"双桨来时"以下，分明追忆之笔，但只有在读完"又还是"等句以后，才恍然大悟。于是领会到，上半乃虚写往昔情事，下半方实写当前感受。但仅仅看"双桨来时"几句，又哪里能意识到是在写往事呢？直等"前事休说"一句将追忆的情思一笔抹去。而接着却又道"又还是"，于是将"欲说还休，欲休又说"的复杂心情生动写出。这种以逆入笔法造复合意境者，原本是周邦彦清真词的特长，白石词虽以"清空"别标一体，但艺术手法上的继承发扬却也是事实存在。至于后段因柳色而引发离别主题，由于痕迹太露，反觉意蕴不深。虽大家着笔，有时亦不免敷衍，而凡是敷衍处，必留浅近之憾。因为不免泛泛，尽管作者想借重"西出阳关"的传统意境，而效果并不十分理想。不过，换一种角度，西出阳关的意境，却又给这里的咏春题旨平添了几分苍凉，颇耐寻味。

鹧鸪天

己酉之秋[1],苕溪记所见。

京洛风流绝代人[2],因何风絮落溪津。笼鞋浅出鸦头袜[3],知是凌波缥缈身[4]。　红乍笑[5],绿长颦[6],与谁同度可怜春[7]。鸳鸯独宿何曾惯,化作西楼一缕云[8]。

【注释】

1　己酉:指宋孝宗淳熙十六年(1189)。

2　京洛:即洛阳。东汉时洛阳为京都,因此也称京洛。

3　笼鞋:鞋子的一种,鞋面较宽。鸦头袜:古代妇女所穿的分出足趾的袜子。李白诗《越女词》其一:"长干吴儿女,眉目艳新月。屐上足如霜,不著鸦头袜。"

4　凌波:[三国魏]曹植《洛神赋》:"体迅飞凫,飘忽若神;凌波微步,罗袜生尘。"形容女子的步态身姿轻盈飘逸。词中此句把该女子喻为曹植笔下的洛神。

5　红:此指女子红润的嘴唇。乍:指时间短暂,此处形容女子展露笑容的时间短暂。

6　绿:此指女子青黛色娥眉。颦:皱眉,形容女子带点忧愁的姿态。

7　可怜：可爱，惹人怜爱。［唐］白居易《暮江吟》诗曰："可怜九月初三夜，露似珍珠月似弓。"

8　"化作"句：［战国］宋玉《高唐赋》载巫山神女与楚王相会的故事："妾在巫山之阳，高丘之阻，旦为朝云，暮为行雨，朝朝暮暮，阳台之下。"此处把词中女子暗喻为巫山神女。

【解读】

本词为宋孝宗淳熙十六年，白石于苕溪（今浙江湖州）偶遇一女子有感而作。

词前小序曰："苕溪记所见。"所见者何？"笼鞋浅出鸦头袜"的女子。序文既然如此交代，则实见其人的事实，就是理解本词的基础。如此一来，这便是一首就眼前所见寄托自家身世之感的作品，颇类苏轼《卜算子》（缺月挂疏桐）之"谁见幽人独往来，缥缈孤鸿影"。作者将自己的飘零身世与眼前这位女子的轻妙身影融为一体了。

"京洛风流绝代人"，颇简洁，开篇直接引入描写对象，开门见山。京洛，河南洛阳，因周平王及东汉皆曾建都于此而称京洛。后人再言"京洛"，既可指洛阳，又可有指代京都之意。白石所遇绝代佳人来自南宋都城临安，遂以京洛代之，言简意赅。"风流绝代"以表女子才色超凡，遣词平实，平铺直叙，单窥该句，并无特别之处。"因何风絮落溪津"，用问句口吻反衬前句，语调起伏，词境陡起，颇有些"此曲只应天上有，人间哪得几回闻"的意味。"风絮"之喻含义深远，表面上似写佳人姿态轻盈，如风中飞絮飘然而至苕溪渡口，实则以溪津的荒僻与京洛之繁盛相对照，再以"风絮随风"之意象暗喻其身世的凄凉。刘禹锡曾有诗曰："绿野芳城路，残春柳絮飞。"（《洛中送崔司业使君扶侍赴唐州》）残春败絮本已景致凄凉，再兼柳絮随风，无根无基，无着无落，任凭天命摆布，随风飞到天尽头。

"笼鞋浅出鸦头袜"一句由虚拟比喻过渡到真实描绘，然落笔小心含蓄，不直言佳人色貌姿容，却从足下鞋袜入手，并且在刚刚引发了读者相关联想的时候，立刻戛然而止，又由实转虚，紧承"知是凌波缥缈身"。这一句，暗含曹子建"体迅飞凫，飘忽若神；凌波微步，罗袜生尘"（《洛神赋》）的意境，借鞋袜轻巧言佳人体态轻盈，气质高雅，好似宓妃洛神，踏水而来，灵动缥缈。

下阕就佳人美貌作正面描写，手法多有独到之处。"红乍笑，绿长颦"，"红"指朱唇，"绿"喻娥眉，红唇浅笑，黛眉微蹙，着意于意态神情；"乍"言时短，"长"乃日长，长短相照，可见佳人笑时短，蹙时长，虽非西子捧心，也似有万般愁绪在胸。旁人既无法窥知其内心的秘密，单是如此这般的姿容已足以人见人怜。"与谁同度可怜春"一句，与贺铸"锦瑟年华谁与度"（《青玉案》）意味相类，看似感慨春色美好，实则是以春色与佳人青春相喻，青春年华应如良辰美景，而今却是看残春将去，无人为伴侣。从词境推测，这位女主人公可能出身风尘，如此绝代佳人，也必曾有过"五陵年少争缠头，一曲红绡不知数"的风光岁月，而今暮去朝来，红颜失色，门前冷落，无人问津，惟有沦落天涯，孤苦伶仃。

全词最后以白石之慨叹与想象结束。白石为词，向以造境为上，自不会如乐天般作"同是天涯沦落人，相逢何必曾相识"式的慨叹，乐天之叹，似叹琵琶女，实则是自叹。然读白石词，可以想见其眼光满载同情怜悯，内心暗地轻声一叹："鸳鸯独宿何曾惯"，意味颇类杜甫《佳人》"合昏尚知时，鸳鸯不独宿"，怜香惜玉，百般柔情，无声之处胜有声——相逢何必曾相识，何须言辞慰藉方释然！最后一句"化作西楼一缕云"，以白石一贯笔法，化宋玉《高唐赋》意境："妾在巫山之阳，高丘之阻，旦为朝云，暮为行雨，朝朝暮暮，阳台之下。"此处与其说是白石对佳人的无限怜惜，不如说是白石美好心愿的寄托，此时此刻，任何宽慰，任何包容都已嫌无力，只有用一飘渺意象将话题和意境引向遥远。

李调元《雨村词话》卷三有曰："姜白石《鹧鸪天》词三首，如'鸳鸯独宿何曾惯，化作西楼一缕云'，不但韵高，亦由笔妙，何必石湖所赞自制曲之敲金戛玉声，裁云缝月手也。"（夏承焘《姜白石词编年笺校》注："'敲金'二句乃杨万里答白石寄诗语，非石湖赞。"）

念奴娇

予客武陵[1],湖北宪治在焉[2]。古城野水,乔木参天,予与二三友日荡舟其间,薄荷花而饮[3],意象幽闲,不类人境。秋水且涸,荷叶出地寻丈[4],因列坐其下,上不见日,清风徐来,绿云自动,间于疏处窥见游人画船,亦一乐也。竭来吴兴[5],数得相羊荷花中[6]。又夜泛西湖,光景奇绝,故以此句写之。

闹红一舸[7],记来时尝与鸳鸯为侣。三十六陂人未到[8],水佩风裳无数[9]。翠叶吹凉,玉容销酒,更洒菰蒲雨[10]。嫣然摇动,冷香飞上诗句。　日暮青盖亭亭[11],情人不见,争忍凌波去[12]。只恐舞衣寒易落,愁入西风南浦[13]。高柳垂阴,老鱼吹浪,留我花间住。田田多少[14],几回沙际归路。

【注释】

1　武陵:今湖南常德。宋朝时叫作朗州武陵郡。

2　湖北宪治:宋朝荆湖北路提点刑狱的官署。

3　薄:靠近,迫近。

4　寻丈：古代计量单位，当时八尺为一寻。

5　挹（qiè切）来：去来。挹，去，离开。挹也常作发语词。

6　相羊：亦作"徜徉"，徘徊，闲游，安闲自在地游玩。

7　闹红：此指热烈盛开的荷花。

8　三十六陂：指数不清的水塘。详见《惜红衣》（簟枕邀凉）注11。

9　水佩风裳：此处用来形容荷叶荷花高洁典雅，以水为佩玉，以风为衣裳。化用［唐］李贺《苏小小墓》之句："风为裳，水为珮。"

10　菰（gū孤）：洒在菰蒲上的细雨。菰、蒲，都是浅水植物。［南朝宋］谢灵运《从斤竹涧越岭溪行》诗曰："苹萍泛沉深，菰蒲冒清浅。"

11　盖：伞状。亭亭：挺立的样子。

12　争忍：怎么忍心。凌波：详见《鹧鸪天》（京洛风流绝代人）注4。

13　南浦：地名，今福建浦城县城南门外。［南朝］江淹《别赋》："送君南浦，伤之如何。"江淹曾任浦城令。这里是泛指送别的地方。

14　田田：形容荷叶浮在水面上茂盛的样子。汉古乐府《江南》："江南可采莲，莲叶何田田。"

【解读】

白石咏荷词，此篇可算压卷之作。构思、想象匠心独具，词境清刚冷隽、高雅峭拔。简而言之，此词绝妙之处有三。

其一，以少总多，乃造新境。小序中白石提及赏荷难忘经历者三地，一是武陵，二是吴兴，三是杭州。夏承焘先生《姜白石词编年笺校》将本词附于吴兴之后，大约此词是白石居吴兴时所填。但细读词句，其所咏之地又绝非吴兴一处。白石慧眼，妙笔连珠，将各处美景汇结一端，咏荷风姿，得其神理。

宋祁《玉楼春》词曾有名句"绿杨烟外晓寒轻，红杏枝头春意闹"，白石"闹红一舸"的"闹"，与其同工异曲，却更富动态，荷花繁盛争妍，扁舟一叶摇荡，藕花深处，水波荡漾，绿叶生凉，亭亭的荷花美若仙子，娇艳的色彩宛如美人玉脸上未消醉意的残红。何物醉荷花？熏风原似酒。其实，所醉者又何止荷花，只把观荷之人也一并醉了去了。飒飒雨后，冷香飘溢，更添空气中几许清新。直到日暮时分，观者尚不忍离去，怕西风萧瑟、红花凋谢。自古兴尽多惆怅，又及柳短情长、老鱼吹浪，仿佛自然界一切生灵都在把人深情挽留，物我相忘，难辨何处是武陵，何处是吴兴。真难解究竟是庄周化了蝴蝶，还是蝴蝶化作了庄周。

其二，词中有人，以人写物。白石以我观物，把荷花与自然化合为一。以鸳鸯为伴侣，看"高柳垂阴，老鱼吹浪"，处处含情，留人花间住；比及荷花，则恍然化为花神。周邦彦咏荷，以荷观荷，"叶上初阳乾宿雨，水面清圆，——风荷举"；白石咏荷，以人观荷，前闹后静，交相辉映。闹时如美人斗艳，静处似玉女含羞。水佩风裳，冰姿绰约。风弄水声犹如环佩响，水映花影只道玉人来，嫣然一笑间，撇下万种风情。其裳、其笑、其舞，转瞬间凝为词句，词中有人。

其三，句中有味，以味诱人。白石为词，向以"通感"之妙构思造境，如"并刀破甘碧"。本词感人，也在词中如"冷香"这样的词语意象。"嫣然摇动，冷香飞上诗句"，极工创造之妙，足见作者想象力之丰富独特。白石词喜用"冷"、"香"二字。用"冷香"二字概括白石词风，比之"清刚冷峻与高雅峭拔"亦不逊色。

浣溪沙

辛亥正月二十四日¹,发合肥。

钗燕笼云晚不忺²,拟将裙带系郎船,别离滋味又今年。　　杨柳夜寒犹自舞,鸳鸯风急不成眠,些儿闲事莫萦牵³。

【注释】

1　辛亥:宋光宗绍熙二年(1191)。

2　钗燕:带有燕子形状装饰的首饰,妇女多戴于头上。笼云:挽结如云的秀发。忺(xiān 先):通"欣",高兴,适意。

3　些儿:细小。

【解读】

夏承焘《笺校》说:"白石情词明著时地与事缘者,此首最早。"时白石年将四十。初遇合肥女子,在此十馀年之前。明晓这样的背景十分重要,否则,便体会不了词中所说的"别离滋味又今年"。不过,千万不要轻易放过了"又今年"这三个字,一般人们都说"又一年",从词语合乎常情常理的角度讲,"又今年"是不通的,然而,正因为不通,便生出了诗词艺术特有的诞幻之妙:赋予不断重复、连绵不绝的别离感以年年如同"今年"的新警感，每年都是现在时态，每次都是现场情景。有了这样的理解作基础，"拟将裙带系郎船"的女子心意，也才可以得到深切的体会：虽则是年年如此，但总是那么真切，就像刚发生的一样。

如果说上阕用的是直接替心中情人抒写心曲的手法，那么下阕换用比兴手法。抒写男女情爱，而用鸳鸯的比喻，实在有些老套了。不过，且莫急于下结论，因为作者用的是以故为新、点铁成金的艺术手法，鸳鸯本想双双成眠，只因为水面风急浪又高，故而被迫两分离。若只看下句，"鸳鸯风急不成眠"就显得有些直白，而一旦在前面加上一句"杨柳夜寒犹自舞"，就来得含蓄而且内容丰富了。这是因为，夜来杨柳"犹自舞"，已经暗藏着一个"风"字，并且因其"舞"而暗点出多情的意味。惟其多情，故要早早归来团聚，结尾"些儿闲事莫萦牵"，应是牵着手的叮咛吧！

满江红

《满江红》旧调用仄韵，多不协律；如末句云"无心扑"三字[1]，歌者将"心"字融入去声，方协音律。予欲以平韵为之，久不能成。因泛巢湖[2]，闻远岸箫鼓声，问之舟师[3]，云"居人为此湖神姥寿也"[4]。予因祝曰："得一席风径至居巢[5]，当以平韵满江红为迎送神曲。"言讫，风与笔俱驶，顷刻而成。末句云"闻佩环"，则协律矣。书于绿笺，沉于白浪，辛亥正月晦也[6]。是岁六月，复过祠下，因刻之柱间。有客来自居巢云："土人祠姥，辄能歌此词。"按曹操至濡须口[7]，孙权遗操书曰："春水方生，公宜速去。"操曰："孙权不欺孤"，乃撤军还[8]。濡须口与东关相近[9]，江湖水之所出入；予意春水方生，必有司之者[10]，故归其功于姥云。

仙姥来时，正一望、千顷翠澜。旌旗共乱云俱下，依约前山。命驾群龙金作轭[11]，相从诸娣玉为冠[12]。向夜深、风定悄无人，闻佩环[13]。

神奇处，君试看。奠淮右[14]，阻江南。遣六丁雷电[15]，别守东关。却笑英雄无好手，一篙春水走曹瞒[16]。又怎知、人在小红楼，帘影间。

【注释】

1 "无心扑"：周邦彦《满江红》（昼日移阴）结尾一句："最苦是、蝴蝶满园飞，无人扑。"

2 巢湖：在今安徽合肥市东南六十里，也名焦湖（见《太平寰宇记》）。

3 舟师：驾船的艄公。

4 湖神姥：巢湖的女神，当地有神姥庙。《舆地纪胜》卷四十五载：巢湖圣姥庙在城左厢明教台上。[宋]曹元忠《凌波词·满江红》序云："考神姥当本淮南王书'历阳之郡，一夕成湖'事。"故《方舆览胜》云："'姥山在巢湖中，湖陷，姥升此山。有庙。'罗隐诗云：'借问邑人沉水事，已经秦汉几千年'也。"

5 居巢：古邑之名。一说今安徽巢县东北；一说今安徽六安东北。此处取前一说。

6 辛亥正月晦：宋光宗绍熙二年（1191）正月最后一天。晦，阴历月终。《庄子·逍遥游》："朝菌不知晦朔。"

7 濡须：古水名。源出今安徽巢县西巢湖，经无为东南流入长江，即今运漕河前身。古代江淮间交通要道，魏晋南北朝时为兵争要地。一说为堡坞名，东汉建安十七年（212）孙权令筑以拒曹操，据濡须水口，故名。一说濡须城，因形似偃月，又名偃月坞或偃月城。《舆地纪胜》卷四十五《郡国志》曰："濡须水自巢湖出，谓之马尾沟，有偃月坞。"

8　乃撤军还：《三国志·吴书·吴主传》注引《吴历》有记，汉建安十八年（213），曹操攻至濡须口，欲击东吴，孙权致书与曹操，书中警告他"春水方生，公宜速去"，曹操闻讯撤军。

9　东关：故址在今安徽含山西南濡须山上。三国时吴国诸葛恪筑，隔濡须水与七宝山上的西关相对，北控巢湖，南扼长江，为当时吴、魏间的要冲。

10　司之者：负责管理的人。

11　轭（è 饿）：牛马拉东西时架在脖子上的器具。

12　诸娣：原指诸位妾或侍从女子。娣，古称同夫诸妾。《诗·大雅·韩奕》："诸娣从之。"《毛传》："诸娣，众妾也。"此处指随从神姥的诸位仙姑。此句下姜夔自注："庙中列坐如夫人者十三人。"

13　佩环：指诸神身上佩带的玉之类的饰物。

14　奠淮右：镇守淮南西路一带。奠，定。《书·禹贡》："奠高山大川。"淮右，宋朝时在淮扬一带设置淮南东路和淮南西路。淮南西路称淮右，巢湖属淮右地区。

15　六丁：传说中掌管雷电之类的天神。［唐］韩愈《调张籍》诗云："仙宫敕六丁，雷电下取将。"

16　一篙（gāo 高）：一竿。篙，撑船的竹竿。曹瞒：即曹操。其小字阿瞒。

【解读】

读惯了白石清空词句,见此词颇有新奇之感,自小序至全篇皆充满了飞腾的想象,浪漫的色彩,把历史与传说巧妙融于一处,仿佛把读者带入一个奇妙的神话世界。

今人讲词学,以为有格律派与意境派之别。古人说作词,也有"知音解律"与"曲子中缚不住者"两种。据词序就可以知道,姜夔当是"知音解律"一派人。

小序先以周邦彦词《满江红》(昼日移阴)一首谈《满江红》旧调仄韵,看似只说词韵,实则另有深意。一则关乎词的韵律创作,词作一般可以拟谱而唱,仄韵不便于歌吟,多不协律,以"无心扑"为例,歌者每每将不合律之"心"字融入去声,沈括《梦溪笔谈》卷五曾曰:"古之善歌者有语,谓当使'声中无字,字中有声'。……如宫声字而曲合用商声,则能转宫为商歌之。此'字中有声'也。"所谓"宋词'融字'",意即在此。白石深谙音律,欲改仄为平,以求协律,却久未成词。巢湖泛舟,偶闻远岸箫鼓,闻讯"居人为此湖神姥寿也",而祝曰:"得一席风径至居巢,当以平韵满江红为迎送神曲。"言讫,风与笔俱驶,顷刻而成。末句云"闻佩环",则协律矣。其间"风与笔俱驶"一句,真若神来之笔。灵犀顿通,挥笔而就,一气呵成。以神来之笔作"迎送神曲",处处须有"神妙"感才是。当年屈原《九歌》,已是这种题材中的经典。此番奇遇才是白石词序所津津乐道者的原委所在,所谓"踏破铁鞋无觅处,得来全不费功夫"。大约白石于本词之妙手偶得,既心存窃喜,又有几分难以置信,因此将其归功于仙姥——幸好本词也是为仙姥而作,两下契合,再及几桩历史、民间传奇交相辉映,便赋予本首《满江红》无限神奇的特色。

  本词自开篇始,就与白石以往词作风格不同,起首便场面恢弘,气势壮大。起笔是"闻声不见人"的构思,虽创意并无多少新奇之处,但写法高妙,犹如蓦然揭开一个神话世界的面纱,仙界圣景突临目前,令人猝不及防,眼花缭乱。"仙姥来时,正一望、千顷翠澜",若说这千顷绿波翻滚乃是仙姥降临之前兆先声,那么,旌旗、乱云便好似为仙姥开道而来,一面旌旗迎风飞扬,一面乱云堆积,倾泄腾挪,形象腾越,句法独到,"共"与"俱下"相连,形成极具动感的态势。云水过后,仙驾降临,前呼后拥,气度非凡。群龙驾车于前,仙女相从在后,车上金轭并诸娣玉冠皆在日光的照耀下熠熠生辉,耀人眼目。此等气派,此等排场,已经设下悬念疑问:仙姥本人究竟是何等仪态?白石却笔锋一转,避而不涉,"向夜深、风定悄无人,闻佩环",仙姥如凌波仙子,踏波而来,飘渺而起,无踪无影,无定无形,转瞬间狂涛已住,风平浪静,惟有夜色深沉,佩环之声清脆玲珑却又馀音悠远,久萦不散。白石造境往往在笔墨极尽渲染之后突然转换格调,将一派阔大的气势化做一缕散淡的轻云,让所有的激情于指缝间悄然溜过,却又不干净消逝,偏将一份若隐若现的清愁萦绕心头,挥之不去。此处亦然,环佩之声向来是隐约描写美妙女子的典型意象,"风弄竹声只道金佩响,月移花影疑是玉人来"、"兰麝香仍在,佩环声渐远",类似词句无不引发人们对女子窈窕体态的无限遐想,白石以同样之景造相类之境,仙姥之体态翩跹、飘然而去的风姿便于模糊中鲜活起来了。

上阕词姜夔下笔不落俗套者在于,不从"迎送"者的角度描写,却自"神"的眼中望去,于是格外灵动。试想,迎神之际,眼巴巴盼着的对象,只能是神,但"千顷翠澜",却是"神姥"眼中的景色了。这样一路写下去,自然有"命驾"云云。等到上阕歇拍处,一句"闻佩环",轻松转到人间情怀,放开处如天马行空,收束却不费力,真所谓豪快中自饶委婉。

下阕从仙姥之威力入笔,几乎纯用豪放语词。"奠淮右,阻江南",并遣六丁玉女、雷公电母镇守东关。镇关者虽为六丁雷电,仙姥从形象而言仍为隐者,然其粉面含春威不露豪杰神色,调兵遣将、雷厉风行的威风八面,却可以清晰想见。以一位女子之力,驾驭众仙群雄于股掌之间,且战无不胜、攻无不克,这是何等气魄,何样风采?此处引用历史掌故极尽夸张、想象,以人间事件反衬仙姥天威神奇,"却笑"两字虽略带嘲笑的口吻,却又以浓郁人情味作比,将天姥威仪凸现而出。寓豪气于谐谑之中,非目空一切,乃史事传说自有风趣处,每每令后人唏嘘感叹,而感叹之馀,不免于无奈中生出些许喜剧性的快意。

结拍使用与上阕同样的化境方式，化大为小，更添一重谐谑意味。前面铺陈偌大一个境界，值此总归虚无，再看那"神姥"，不过小庙中一泥身耳！怎不令人慨叹于作者立意造境的别致新警！这种把激烈的军事抗争同小楼帘影扯在一处，造出奇崛的意境，轻而易举间便将百炼钢化作了绕指柔，把澎湃的气势转向了一种纤细、朦胧的美感，两相对照，产生巨大的张力。恰如白石《诗说》所云："篇终出人意表，或反终篇之意，皆妙。""小红楼"、"帘影间"等轻柔飘渺甚至带些虚无色彩的意象正淋漓尽致地实现了以柔克刚的效果，将一个勇武双全的女神退归到一份女性的自然天性当中，依然未见其人其貌，但已经暗中窥得其神，柔美、娇媚、窈窕、含蓄……这是白石心所向往的仙姥，也是他心中最神圣的女神。

以往仄韵《满江红》多押入声字，音调激昂豪壮，本词平声入韵，从容和缓，作为迎送神曲恰如其分。一则词作内容符合送神曲之风韵，二则便于在平和心境中吟唱的优势广为善男信女所推崇，因此被刻于楹柱之上，也是情理之必然，但白石一笑置之，归因于仙姥，洒脱中更添几分浪漫色彩。

淡黄柳

客居合肥南城赤阑桥之西[1],巷陌凄凉,与江左异[2],唯柳色夹道,依依可怜。因度此阕,以纾客怀[3]。

空城晓角,吹入垂杨陌[4]。马上单衣寒恻恻[5]。看尽鹅黄嫩绿,都是江南旧相识。　　正岑寂[6],明朝又寒食[7]。强携酒、小桥宅[8]。怕梨花落尽成秋色[9]。燕燕飞来,问春何在,唯有池塘自碧。

【注释】

1 客居合肥:时在宋光宗绍熙二年(1191)。赤阑桥:绍熙初年,姜夔曾客居合肥,住宅在城西赤阑桥附近。白石有《送范仲讷往合肥》诗:"我家曾住赤阑桥,邻里相过不寂寥。君若到时秋已半,西风门巷柳萧萧。"

2 江左:即江东。古人在地理上以东为左,以西为右。此处指芜湖至南京一线的长江南岸地区。

3 纾(shū 书):解除、宽解,抒写、抒发。

4 垂杨陌:杨柳掩映的小巷。陌,本指田间东西方向的道路,此处泛指街道、小巷。

5 恻恻:也作侧侧,形容寒冷凄恻。[唐]韩偓《寒食夜》诗："小梅飘雪杏方红，恻恻轻寒剪剪风。"宋人词中多作恻恻。如［唐］周邦彦《渔家傲》："几日轻阴寒恻恻。"

6　岑寂：寂静。

7　寒食：即古代寒食节（清明前一天或前两天），详见《琵琶仙》（双桨来时）注10。

8　小桥宅：一说，即序中所言赤阑桥西客居之处。另一说，姜夔《解连环》词有"大乔"、"小乔"句，乔姓本作"桥"，因此姜词作"桥"无误，"强携酒、小桥宅"所指并非自己寓居之赤阑桥，乃暗喻其合肥之情事。

9　梨花落尽：梨花盛开于寒食节前，此处用怕花落尽比喻怕好景难驻。化用［唐］李贺《三月》尾句："梨花落尽成秋苑"。［宋］周邦彦《兰陵王》词："梨花榆火催寒食。"

【解读】

　　白石为词，常怀合肥女子，记梦、记游时常常忽然想起，然此时客居合肥，却不叹恋情，感时伤怀，见柳伤情，自制词曲以咏之，曲名便叫《淡黄柳》。

　　"空城晓角"，起笔境界阔大。宋南渡后，合肥城因地处宋金对峙的江北前沿，也受到金兵战争冲击，原本安居乐业之所，此时变作空城一座，空旷之地本已萧条寂静，拂晓又闻号角，更觉其声呜咽凌厉，如空谷猿啼，荒凉肃杀，偏又是客居者闻之，哀怨悲凉之音随风潜入，叩击心胸，怆然感受油然而生。

"马上单衣寒恻恻"一句，对上为倒卷之笔，对下为垂帘之势。乘马独行，遍体生凉，固为衣单难禁料峭春寒，更因空城冷落，戍角凄凉。白石《扬州慢》（淮左名都）词，曾有小序云"入其城则四壁萧条……戍角悲吟"，词云"清角吹寒，都在空城"，状况同工异曲。

"看尽鹅黄嫩绿，都是江南旧相识"，那厢是垂杨巷陌，马上轻寒，这厢是边城春色，举目凄然。再看眼前柳色，俏丽可爱，似曾相识——尽管城市繁华不再，春天的脚步却不会为任何外力阻挡，柳色依旧如新，正所谓"树若有情时，不会得青青如此"。"昔我往矣，杨柳依依，今我来思，雨雪霏霏"，白石上次离去之时，江南或许正是杨柳依依，今日客居江左合肥，虽然依依杨柳仿佛，却是巷陌凄凉，使人心如雨雪交加。"鹅黄嫩绿"本是树木可人春色，前嵌"看尽"二字，平添一份无奈，"自古逢秋悲寂寥"，此处白石逢春亦寂寥，怎不满怀苦涩。

"正岑寂，明朝又寒食"，时值山河动荡飘摇，又逢佳节来临，寒食清明作为中国传统节日，于唐宋时颇受重视，往往举国欢庆，而今宋金对峙，战争阴影笼罩，人们哪里还有心思欢度佳节？"岑寂"二字以旁观者视角侧写家国之痛，昔日欢乐景象不在，全城冷寂，死气沉沉。"强携酒"一句写强作欢颜，然家国如此，纵恋人相对，仍无法派遣愁绪，应景自宽不过是"举杯浇愁愁更愁"罢了。

"怕梨花落尽成秋色"的一个"怕"字，道出了内心深深的焦虑与不安。李长吉曾有诗曰："梨花落尽成秋苑"，此处二字之易，意义大不相同。长吉诗句乃景色之客观形容，白石则在嫩柳初发时抒其主观忧虑，其实何尝是怕花衰成秋近迟暮，实乃心头有一片肃杀秋意。"燕燕飞来，问春何在"用拟人手法再次暗示春尽之哀——燕子飞来本该正当春色，却偏要问"何在"，大约连梁间燕子都感受到满城沉浸在衰败凄清的氛围之中。"唯有池塘自碧"，营造出"寒水自碧"的清空词境，将全词的清冷境界升华到一个高度。没有人回答燕子的提问，碧水无言，一切的一切都依然沉浸在"城春草木深"的寥落之中。

  全词从听觉开始写萧瑟，由听觉到视觉再到触觉，由柳树到梨花，由飞燕到池塘，意境凄清冷隽，用语清新质朴。万般愁绪，无限哀怨，表现得巧妙自然、不着痕迹。张炎曾把此词与《扬州慢》等并提，谓"不惟清空，且又骚雅，读之使人神观飞越"（《词源》）。

长亭怨慢 中吕宫

予颇喜自制曲,初率意为长短句,然后协以律,故前后阕多不同。桓大司马云:"昔年种柳,依依汉南;今看摇落,凄怆江潭;树犹如此,人何以堪!"[1]此语予深爱之。

渐吹尽、枝头香絮,是处人家,绿深门户。远浦萦回[2],暮帆零乱向何许[3]。阅人多矣,谁得似长亭树。树若有情时,不会得青青如此。

日暮,望高城不见[4],只见乱山无数。韦郎去也[5],怎忘得玉环分付:"第一是早早归来,怕红萼无人为主!"算空有并刀[6],难剪离愁千缕。

【注释】

1 "桓大司马"七句:[南朝宋]刘义庆《世说新语·言语》:"桓公(桓温)北伐,经金城,见前为琅邪时种柳,皆已十围,慨然曰:'木犹如此,人何以堪!'攀枝执条,泫然流泪。"此词序中所引六句为北周庾信《枯树赋》中之句,姜夔误以为桓温之语。桓温,东晋人,官至大司马。汉南,汉水之南。摇落,凋零残落。

2 浦:水边或河流入海的地方。也指水岸。萦回:

迂回曲折。

3　何许：何处。[唐]刘长卿《杪秋洞庭中，怀亡道士谢太虚》"故园复何许，江海徒迟留。"

4　高城：指合肥。《清泥莲花记》引[唐]欧阳詹赠太原妓《初发太原途中寄太原所思》诗："驱马渐觉远，回头长路尘。高城已不见，况复城中人。"

5　韦郎去也：《云溪友议》载：韦皋游江夏，与姜使君馆侍女玉箫相恋，缠绵缱绻，离时相约七年会期，留玉指环为信物。八年，韦皋未至。玉箫绝望，绝食而殒。此处借韦郎自指。

6　并刀：并州（今山西太原一带），出产剪刀以锋利著称。

【解读】

"树犹如此，人何以堪！"一句话道尽了白石本词的初衷。

"渐吹尽、枝头香絮"，先从柳絮飘落写起，暗含着的却是一个时间流逝的流程，好像东坡词中"枝上柳绵吹又少"的意味，让人分不清是一季的转换，还是一季季的轮回，不变的是柳树一次次地从依依到飞絮，再到摇落和繁茂……"是处人家，绿深门户"两句写地点，"绿深"二字，不仅点染出花絮凋尽后，柳叶繁茂的色彩，也简捷地描绘出所怀之人的生存环境。尤其是"深"字，透出一层特别的神秘色彩。按照常理，青楼女子多生活于繁闹街市，白石却偏言其深居，此一"深"，或许是"庭院深深深几许"，或许是"雨打梨花深闭门"，或许合肥巷陌原本如此，或许还带着白石美好的心愿——虽然合肥女子不过为寻常江湖女子，然白石笔下，却并无浓郁的风尘气息，时时带着一份清白气韵。

"远浦萦回，暮帆零乱向何许"句，视角转向合肥女子，写送别时女子眼中船帆于暮色里沿着曲折河道离去的景致，渐行渐远，眼看着暮色西沉，帆影零乱，莫知所终。合肥情人望眼欲穿的难舍难分及失落伤感，随着孤帆远影消散于碧空，唯见天际江水潺潺流去。

因为是写离愁别绪，所以中间有了"阅人多矣，谁得似长亭树"一句。"阅人多矣"，沈祖棻《宋词赏析》说，该典"语出《左传》。文姜云：'妾阅人多矣，未有如公子者。'"下句翻用庾赋，又转而谈柳，"谁得似长亭树。树若有情时，不会得青青如此"，桓温所叹，在岁月无情流逝，庾信所叹，在摇落之悲，两者并不相同，姜夔既然误将庾信之叹记为桓温之叹，则其所叹所感者，自然在摇落之悲。发唱便是"渐吹尽"云云，亦为明证。摇落之悲，又可分伤春、悲秋，而此词乃以伤春意绪引起伤情心事，写来哀婉动人。不过，终究是"清空"境界，并不沉溺在那一点情爱悲苦之中，而是以清疏笔调来写离情别绪。长亭乃人们送别之所，长亭便因此多被认为是伤心之地，何处是归程，长亭更短亭。长亭之柳，常见离人依依相送，倘若树亦有情，则不会青青如此。此句颇似李长吉《金铜仙人辞汉歌》"天若有情天亦老",以草木无情衬人之有情,以人之有情喻离别多情。他人离别,常折柳作别,白石却是望柳生情,层层意味蕴涵其中,未折断杨柳而肠已寸断。

本词不仅上阕"阅人多矣"几句融情入景、体物拟人,塑造出"长亭树"最解人间情意的意象,而且下阕写盼归心事,也来得洒脱而不滞重。"日暮"两字又见一"暮","暮帆"之"暮"是佳人目送白石之时,"日暮"之"暮"是白石回望高城一刻,虽此暮彼暮未必同时,却在冥冥虚幻中心心相印,互眺而怀念。欧阳詹在太原曾与一妓相恋,别时寄诗曰"高城已不见,况复城中人"。白石化用诗中意境,另写心境,一则顺流而下,船速轻快,转眼间"轻舟已过万重山",再则白石心中眼中总嫌归去之疾,更兼日暮苍茫,两处茫茫皆不见,此句虽有"曲终人不见,江上数峰清"的含蓄之美,却更多是愁闷抑郁心态。即便周遭山水当得一个"清"字,恐怕也是"数峰清苦",只得将一腔怅惘寄予两岸乱山无数。"韦郎去也,怎忘得玉环分付",化韦皋与玉箫女之典,意在委婉地表明心迹,自己此去,定不负三生之约,必有重逢之日。

也许,最为出色的构想运笔,就在上、下阕呼应一气的"暮帆零乱"与"乱山无数"。一边是"远浦萦回",一边是"高城不见",隐然有一个登山临水的人在那里,而此刻暮帆与晚山的"乱",谁说不正是抒情主体心绪中"剪不断,理还乱"的情思呢?

"第一是早早归来"句，视角又转向合肥佳人，未送行先怕离去，未登程先盼归期，温婉叮嘱，发于肺腑。情人分离之时，女子心意自然惟有牵挂在一个"归"字上，后接"怕红萼无人为主"句，一个"怕"字，让人读来辛酸难捱，怜惜不已。小女子分明已将自己的终身命运原原本本托付情郎，一身之外，再无他物，一旦分离，柔弱女子对未来前景的忧思如何化解？此情此景，焉让情郎不心乱如麻？于是顺理成章地导出结句，"算空有并刀，难翦离愁千缕"。此词之"眼"，就在一个"乱"字。

全词视角转换随意自如，以物托情，以典喻情，典雅含蓄，辞意清峭，更难得情蕴醇厚，感人至深。

摸鱼儿

辛亥秋期[1],予寓合肥,小雨初霁,偃卧窗下,心事悠然。起与赵君猷露坐月饮[2],戏吟此曲,盖欲一洗钿合金钗之尘。他日野处见之[3],甚为予击节也[4]。

向秋来、渐疏班扇[5],雨声时过金井[6]。堂虚已放新凉入,湘竹最宜敧枕[7]。闲记省,又还是、斜河旧约今再整[8]。天风夜冷,自织锦人归[9],乘槎客去[10],此意有谁领。　　空赢得今古三星炯炯[11],银波相望千顷。柳州老矣今儿戏[12],瓜果为伊三请[13]。云路迥[14],漫说道、年年野鹊曾并影[15]。无人与问,但浊酒相呼,疏帘自卷,微月照清饮。

【注释】

1 辛亥:宋光宗绍熙二年(1191)。

2 赵君猷:作者在合肥时的布衣朋友,具体事迹不详。

3 野处:洪迈(1123—1202),字景庐,号野处。曾于赣州、婺州任职。所著有《容斋随笔》、《夷坚志》,是南宋著名文人。

4　击节：击节赞叹，指称赏他人诗文。

5　班扇：扇子。汉成帝时期，嫔妃班婕妤因赵飞燕得宠而受冷落，曾作《怨歌行》，以纨扇自喻："新裂齐纨扇，皎洁如霜雪。裁为合欢扇，团团似明月。出入君怀袖，动摇微风发。常恐秋节至，凉飚夺炎热。弃捐箧笥中，恩情中道绝。"后人遂称扇子为班扇。

6　金井：井栏上有雕饰的井。

7　湘竹：湘妃竹，产于南方，可用来制凉席。攲（qī七）枕：斜靠在枕上休息。攲，倾斜，歪。

8　斜河旧约：指七夕时牛郎、织女一年一度的相会。斜河，天河、银河。今再整：又到了。

9　织锦人：织女。《史记·天官书》："织女者，天女孙也。"

10　乘槎（chá查）客：《博物志》载："天河与海通。近世有人居海渚者，乘槎而去，至一处，有城郭状，屋舍甚严，遥望宫中多织妇，见一丈夫，牵牛渚次饮之。此人问：'此是何处？'答曰：'君还至蜀郡，问严君平则知之。'"槎，木筏。

11　三星：《诗经·唐风·绸缪》："绸缪束薪，三星在天。今夕何夕，见此良人。"后人遂以三星为男女嫁娶的代称。

12　柳州：约指柳宗元。柳宗元贬官柳州，世称柳柳州。

13　瓜果为伊三请：摆设瓜果，向三星银河为你（柳州）多次祝愿。［唐］柳宗元曾作《乞巧》文，引用织女传说。《荆楚岁时记》记七月初七夕，妇女"陈瓜果于庭中以乞巧"。

14　云路迥：牛郎织女相会之路遥远。迥，远。

15　野鹊曾并影：谓每年七夕之时，喜鹊联成鹊桥，助牛郎织女相会。

【解读】

看来白石自己于此词颇有自得之处。正如小序中所言，本词确是"一洗钿合金钗之尘"，一改作者思妻恋妓、卿卿我我之态，颇有大丈夫气概。虽自称"戏吟"，却让人击节而叹。

开篇几句字里行间处处透出一层凉意。首句先写"秋来"，言下之意炎炎夏日不知不觉间已悄悄走过，天气日益转凉，接写"班扇渐疏"，为天凉作一侧面注解。"秋扇见弃"一般喻指女子被弃，此处暗含白石孤独心境。俗话说，一场秋雨一层凉，冰冷的井台经秋雨冲刷，又添一层凉气。在这样一个时候，白石虚堂以待，敞开堂门，欹枕而卧，倚于湘竹凉席之上。看似百无聊赖，实则外部气候之阴凉已与其独处心境之冷清交结一处。天渐冥时，忽忆起今夕乃是牛郎织女相会的日子。只是天风清冷，凉夜迢迢，此意又有谁领？

下阕起句便说"空赢得，今古三星炯炯"，"银波相望千顷",意象宏伟,气象阔大,带几分彻悟的味道。下面用调侃的笔触引柳宗元诗中典故写牛郎织女七夕相会的神话,写相思却不缠绵,想来今日恰逢隔银河遥遥相望的夫妻"使鹊为桥"(《风俗通》)的日子,天河尚能重逢,人间却是一派孤寂,"无人与问"。按照一般的思路,下面该写些难耐的忧郁惆怅,不想白石笔锋一转,一腔慷慨倾情而泻,"但浊酒相呼,疏帘自卷",来他个陶陶兀兀大醉于天地间!如此风度颇有几分魏晋名士率性行事的风范,又有点陶渊明洒脱清淡的味道。

如果说"但浊酒相呼,疏帘自卷"一句白石似从自身风格中跳脱到旷达境界,那么,"微月照清饮"一句则又把瞬时的豪放尽数化解,了无痕迹间转回到自身一贯的"清空"境界中了。微月照我饮,独酌无相亲。本词词句风格多样,进退时情绪于高旷、清冷间收放自如,极见功力。

凄凉犯

合肥巷陌皆种柳,秋风夕起骚骚然[1];予客居阖户[2],时闻马嘶,出城四顾,则荒烟野草,不胜凄黯,乃著此解[3];琴有凄凉调[4],假以为名[5]。凡曲言犯者[6],谓以宫犯商、商犯宫之类,如道调宫"上"字住[7],双调宫亦"上"字住,所住字同,故道调曲中犯双调[8],或于双调曲中犯道调,其他准此[9]。唐人乐书云:"犯有正、旁、偏、侧;宫犯宫为正,宫犯商为旁,宫犯角为偏,宫犯羽为侧。"此说非也。十二宫所住字各不同,不容相犯;十二宫特可犯商、角、羽耳[10]。予归行都[11],以此曲示国工田正德[12],使以哑觱栗角吹之[13],其韵极美[14]。亦曰瑞鹤仙影[15]。

绿杨巷陌秋风起,边城一片离索[16]。马嘶渐远,人归甚处,戍楼吹角[17]。情怀正恶,更衰草寒烟淡薄。似当时、将军部曲[18],迤逦度沙漠[19]。　追念西湖上,小舫携歌,晚花行乐。旧游在否,想如今、翠凋红落[20]。漫写羊裙[21],等新雁来时系著。怕匆匆、不肯寄与误后约[22]。

【注释】

1　骚骚然：风吹树叶发出的飒飒之声。

2　阖户：深闭门户。

3　著：写作，创作。解：旧时称乐曲、诗歌的章节为解。

4　琴有《凄凉调》：传说《凄凉调》为古代琴曲中的一曲。

5　假以为名：即借琴曲《凄凉调》为本词的词牌，换言之，本词的曲牌《凄凉犯》乃从琴曲《凄凉调》假借而来。假，假借。

6　凡曲言犯者：［宋］陈旸《乐书》曰："乐府诸曲，故不用犯声，唐自天后末年，剑气入浑脱，始为犯声。剑气宫调，浑脱角调。"《词源》下："崇宁立大晟府，命周美成诸人讨论古音，审定古调……而美成诸人又复增加慢曲、引、近，或移宫换羽为三犯、四犯之曲。"犯曲大致盛于北宋末。犯，音乐专用名词，使宫调相犯以增加乐曲的变化，类似西乐所谓"转调"，由甲转乙，又由乙回甲，使乐调变化丰富。

7　道调宫：即中吕宫。字住：住，指乐曲中的尾音或结束音。即［宋］沈括《梦溪笔谈》所谓"杀声"，《词源》所谓"结声"，［宋］蔡元定《律吕新书》所谓"毕曲"，其二十八调杀声用某字，即某字调也。

8　"道调曲"句：道调是仲吕宫，双调乃夹钟商，二者基音相同,皆住于"上"字,因此可以相犯。

9　准此:以此类推。

10　十二宫:古乐调中的十二宫调,分别为黄钟、太簇、姑洗、蕤宾、夷则、无射、大吕、应钟、南吕、林钟、小吕、夹钟。可犯商、角、羽:如黄钟宫与无射商、夷则角、夹钟羽,四者同住"合"字,故可相犯。林钟宫与仲吕商、夹钟角、无射羽,四者同住"尺"字,亦可相犯。以此类推。

11　行都:皇帝出行之都。此指南宋都城临安(今浙江杭州)。金人当时占领淮北领土,然南宋统治者不承认其合法性,仍定宋朝京师为汴京,故杭州只能称为行在所,简称行都。

12　国工:宫廷乐师。田正德:宋孝宗乾道、淳熙间德寿宫中吹觱栗的著名乐工,[宋]周密《武林旧事》卷四载乾淳教坊乐部"觱栗色、德寿宫:田正德教坊大使"。

13　以哑觱栗角:用哑觱栗的标准音高来核准(此曲)。觱栗,西域传到中国的一种吹奏乐器,以竹为管,以软芦为哨,其音低于横笛而高于竖箫。[宋]张炎《词源》下《音谱》条云:"惟慢曲、引、近则不同,名曰小唱,须得声字清圆,以哑觱合之,其音甚正,箫则弗及也。"因此,宋人歌慢曲、引、近往往用哑觱栗伴奏。[宋]陈旸《乐书》称哑觱栗为"头管",因为其认为此乐器音质为众乐之首,故名。唐代花蕊夫人《宫词》诗有曰:"御制新翻曲子成,六宫才唱未知名。尽将觱篥来抄谱，先按君王玉笛声。"可见五代时，已用觱栗协奏乐器。

14　韵：韵律。[宋]沈义父《乐府指迷》："词腔谓之'均'，'均'即'韵'也。"[宋]杨缵《作词五要》："第一要择腔，腔不韵则不美。"此处之韵非诗歌中押韵之韵。

15　亦曰瑞鹤仙影：《舒艺室馀笔》："此与《瑞鹤仙》句调亦大同小异。"《历代诗馀》五十四作："瑞鹤仙引"，乃是误引。

16　"边城"句：南宋之淮北已被金占领，为敌境，因此淮南则被视为边境。《齐东野语》卷五"端平入洛"条记宋理宗端平元年全子才合淮西之兵赴汴京，从合肥渡寿州抵蒙城一带的景象时，则有曰："沿途茂林长草，白骨相望，虻蝇扑面，杳无人踪。"此记载时间已在白石所记之时之后，足可以推知，白石所记之后，南宋百馀年间，淮河流域如何荒凉破败、一片萧索之气。离索，破败萧索。

17　戍楼：古代城墙上专用于警戒的建筑。

18　部曲：古代军队编制单位。此处泛指部队。《后汉书·百官志一》："将军率领军皆有部曲。大将军管五部；部，校尉一人……部下有曲，曲有军侯一人。"

19　迤逦（yǐ lǐ椅里）：连绵不断的样子。

20　翠凋红落：绿叶凋残，红花飘落。暗示时节已至秋天。

21　羊裙：南朝宋人羊欣。《南史·羊欣传》载："羊欣字敬元，泰山南城人也。……欣少靖默，无竞于人，美言笑，善容止。泛览经籍，尤长隶书。父不疑为乌程令，欣年十二。时王献之为吴兴太守，甚知爱之。欣尝夏月著新绢裙昼寝，献之入县见之，书裙数幅而去。欣书本工，因此弥善。"此处代指赠予挚友的书信。

22　后约：日后相聚的期约。

【解读】

　　本词约作于光宗绍熙元年（1190），其时作者正客居合肥。本词序言很长，花费了不少笔墨交待本曲的音乐知识，看似与主题无关，却在最后一句道出了一种触动读者内心软层的气氛——"使以哑觱栗角吹之，其韵极美"。西域地处较为荒僻的地区，其乐器往往有一种独特的野性，听来带有荒凉萧索的味道。由此可以想见，倘若本词"以哑觱栗角吹之"会有何等气韵？词曲相融又何止是"韵美"而已，只怕是双重艺术效果的一并而发吧。

　　上阕开篇写合肥边城的残破凄凉。合肥在北宋时曾一度是淮南西路的治所，南宋时淮南已是极边，宋、金以淮为界。作为淮南重镇的合肥，屡经兵燹，早已失去了繁华都市的原来景象。宋王之道《出合肥北门二首》曰："断垣甃石新修垒，折戟埋沙旧战场。阛阓凋零煨烬里，春风生草没牛羊。"也是描绘南宋初年合肥附近荒芜景遇，可见其破败。白石先将颜色鲜活的绿杨置于秋风、边城等萧条环境之中，越发突出"离索"二字。"马嘶渐远，人归甚处，戍楼吹角"融化"渐黄昏、清角吹寒，都在空城"、"空城晓角，吹入垂杨陌"等意味，造境手法大同小异，笔法无特别之处。"情怀正恶，更衰草寒烟淡薄"却是笔墨清雅，虽意在以连天衰草写萧条，也在景致描绘上达到了含蓄的美感。"似当时、将军部曲，迤逦度沙漠"一句，气势顿生，言外颇多寄托。

下阕回忆当年在杭州时的生活，画舫荡舟，团花晚照，处处笙歌，真个及时享乐的好所在。"旧游在否"写出对以往逍遥生活的怀念，其实也是对一种世事安逸的留恋。只可惜现在却是花落叶凋，两下比照，更觉世道萧条。"漫写羊裙"一句借羊欣珍藏王献之书法的传说，表达了作者企图将自己的心意写在字幅信笺上托新雁捎给他的心中之人。本词在创意笔法上没有什么特别之处，如果说有比较令人印象深刻的句子，都在两阕结尾。上阕最后一句"迤逦沙漠"在姜词意象构造中较为少见。下阕最后一句在雁系锦书的想象寄托中又翻出一层新意，"怕匆匆、不肯寄与误后约"，分明是怕大雁匆匆而去，耽误了日后相见的日期，仅有的一点点期望也在这重担忧之中化为了乌有，益发显得作者身处孤独，无处排解。

秋宵吟[1]

古帘空,坠月皎。坐久西窗人悄[2]。蛩吟苦[3],渐漏水丁丁[4],箭壶催晓[5]。引凉飔[6],动翠葆[7],露脚斜飞云表[8]。因嗟念、似去国情怀[9],暮帆烟草。　　带眼销磨[10],为近日愁多顿老[11]。卫娘何在[12],宋玉归来[13],两地暗萦绕[14]。摇落江枫早[15],嫩约无凭[16],幽梦又杳。但盈盈、泪洒单衣,今夕何夕恨未了!

【注释】

1 据夏承焘《姜白石词编年笺校》考:此词"卫娘"、"宋玉"句与《摸鱼儿·向秋来》"自织锦人归,乘槎客去"之语相合。白石于绍熙二年(1191)夏间往金陵,秋间返合肥,时令亦相合。据"卫娘"、"织锦"句,当时白石所眷恋的女子已离开合肥去往他处,因此,白石此年之后便未有合肥踪迹。此二词应该是同时期所作。陈思《白石道人年谱》以本词的曲使用的是越调,就认定其为绍熙四年在越中所作,是不确切的。

2 悄:忧愁的样子。《诗·陈风·月出》:"月出皎兮,佼人僚兮。舒窈纠兮,劳心悄兮。"

3 蛩(qióng穷):蟋蟀,又作促织。

4 漏:即铜壶滴漏,也叫"铜壶刻漏",古代一种计时的仪器，水滴逐渐滴入壶中，引起浮尺（即"箭"，上标明刻度，用以计算时间）按规律上升，以便计算时间。

5　箭：铜壶滴漏中指示时辰的漏箭。

6　飔（sī 思）：凉风。

7　翠葆：翠羽装饰的车盖。代指华美的车子。此处泛指竹子。［宋］周邦彦《隔浦莲近拍》词："新篁摇动翠葆。"

8　露脚斜飞：本［唐］李贺《李凭箜篌引》："吴质不眠倚桂树，露脚斜飞湿寒兔。"露脚，指雨。

9　去国：离开故乡。［唐］李白《上安州裴长史书》："仗剑去国，辞亲远游。"

10　带眼销磨：腰带上的小孔，此指衣带渐渐宽松。

11　顿老：短时间内变得衰老。

12　卫娘：汉武帝皇后卫子夫，后代指美貌女子。此处暗指作者爱恋的合肥女子。［唐］罗隐《春思》："蜀国暖回溪峡浪，卫娘清转遏云歌。"

13　宋玉：战国时楚人，擅辞赋，著有《高唐赋》、《登徒子好色赋》。此处作者自比宋玉。

14　萦绕：思绪万千。

15　江枫：江边枫树的红叶。

16　嫩约：随口而发的誓约。

【解读】

本词作于绍熙二年（1191），白石于夏日游金陵，秋时重返合肥。他带着满腔热切来到合肥寻访故人，却不料二女已离他而去，不知所向。这一晚，如同冷水浇颈的作者强压着内心的冰冷守窗而坐，"古帘空"的句子便这样流出了笔端。想当年，帘内帘外都该是一番幸福的春色，美好的时光逝去得总好像特别遥远，一个"古"字带着很多沧桑的味道，一个"空"字，更是人去楼空的注解。"坠月皎"一句一方面营造清冷的外部环境与内心感受，一方面也带有着时间流逝的意味。"江月年年望相似"，当年花前月下的月如今依然皎洁，见证着过去和现在。"蛩吟苦，渐漏水丁丁，箭壶催晓"，蟋蟀伴着铜壶刻漏的玎玲水声愁苦悲吟着，叮咚声响在空寂的夜色中听起来益发孤独苦涩，"催晓"两字写一夜难眠，数着滴漏水声直至天明。屋内本已一派寂寞，屋外凉风又起，风动竹摇，细雨斜飞，为凄凉夜景再添几分凉意。

相思苦闷，衣带渐宽，几日哀愁催人老。原本归心似箭而来，却不知"卫娘何在"，思念之情两地萦绕。"今夕何夕恨未了"，终于抑制不住道出了胸中愤恨，永诀的现实令离别之痛更加深重，哀痛而成痛恨，此恨绵绵无绝期！

点绛唇

金谷人归[1]，绿杨低扫吹笙道。数声啼鸟，也学相思调。　月落潮生，掇送刘郎老[2]。淮南好[3]，甚时重到？陌上生春草。

【注释】

1　金谷：今河南洛阳市西北。晋代石崇筑园于此，名金谷园。石崇有妓名绿珠，甚宠爱，后人遂以金谷人代指歌妓。〔唐〕李德裕《峡山亭月独宿对樱桃花有怀伊川别墅》诗："恨无金谷妓，为我奏思归。"

2　掇送：催送。刘郎：〔南朝宋〕刘义庆《幽明录》载：刘晨、阮肇至天台山采药迷路，遇两位仙女，受邀于其家中，半年后返乡，家中子嗣已历经七代。后重返天台山寻访，仙女已无踪迹。此处是作者自比之辞。

3　淮南：淮水以南，指合肥。

【解读】

这首《点绛唇》措辞活泼轻巧，短小精悍，如同一阕悠然的小令，虽则言"老"（"掇送刘郎老"），却是千般爱恋满带着热烈的气息。

白石与合肥姐妹情深似海，前后二十年间，无论身在何方，漂泊何处，始终对姐妹二人念念不忘，感怀至深。

本词写于绍熙二年（1191）秋期，乃白石再自合肥东归时惜别之作，伤别离愁的情景，跃然纸上，生动鲜活。

上阕写自己无奈踏上归途，然而，除首句写人外，下面几句皆写景物，满腹愁绪都被归途上的花草树木、万物生灵渲染了去，绿杨带愁，芦笙幽怨，连几声啼鸟像在唱着相思曲。"相思调"三字轻灵纤巧，令人想起民间广泛流传的诸如吟唱江南春草的相思小曲，曲调悠扬婉转，带着江南特有的细腻温婉，直搅得离人意乱神迷，情思绵绵。

下阕感慨自己居无定所，身不由己，岁月流逝，不免身心俱疲，顿觉衰老。但白石不直接写时光更迭，却以"月落潮生"这样的自然生态的变化来作暗喻，读后颇有"逝者如斯"的喟叹，从而也平添几重沧桑的意味。"淮南好，甚时重到"，语言简洁干净，恰如"江南好，风景旧曾谙"之感怀，平朴之中蕴涵着最深的思念。结尾一句"陌上生春草"，化《楚辞·招隐士》之句："王孙游兮不归，春草生兮萋萋"，又将情感泛化于自然之中，春草已一季季绿了过去，自己却依然漂泊在外，不知归期，满腔无奈，无处排遣，正是"相思恰如春草，更行更远还生"。

玉梅令 高平调

石湖家自制此声[1],未有语实之[2],命予作。石湖宅南,鼐河有圃曰范村[3],梅开雪落,竹院深静,而石湖畏寒不出,故戏及之。

疏疏雪片,散入溪南苑,春寒锁、旧家亭馆。有玉梅几树,背立怨东风,高花未吐,暗香已远[4]。　公来领略,梅花能劝,花长好、愿公更健。便揉春为酒[5],翦雪作新诗,拚一日、绕花千转[6]。

【注释】

1　石湖:范成大,南宋诗人,字致能,号石湖居士。吴郡(治今江苏苏州)人。绍兴进士,历任处州知府、知静江府兼广南西道安抚使、四川制置使、参知政事等职。孝宗淳熙九年(1182),范成大因病退居故乡石湖,时年五十七岁,绍熙四年(1193)九月卒。姜夔与范成大交往甚密,范成大在苏州石湖养病期间,姜夔曾客居于此。自制此声:指范成大闲居期间自制了《玉梅令》曲。

2　未有语实之:还没有为此曲填上歌词。

3　范村:范成大的园圃。范成大《梅谱》自序称:"余于石湖玉雪坡既有梅数百本,比年又于舍南买王氏僦舍七十楹，尽拆除之，治为范村。以其地三分之一与梅。"

4　暗香：[宋]林逋《山园小梅》："暗香浮动月黄昏。"

5　揉春为酒：将春色酿成美酒。

6　拚（pàn 判）：舍弃不顾。

【解读】

若不读此词，便很难想象，缘自于友情的祝愿可以用如此一种清雅、深挚又不失巧妙的方式来表达。

作为范成大的清客，姜夔以通晓音律、善作词赋深得范公青睐，而姜夔对范成大的厚爱也一直深为感激。关于他们之间的交往不少典籍中或有可考，而对于他们之间的情谊，几百年后的人们便很难确切地核实。读罢此词，我想，那种情谊一定不是简单的依附关系，而该是一种文人间志趣相投者的惺惺相惜。

一向以为，"相惜"比相互欣赏、相互敬重更具有脉脉的人情味，后两者总是少不了几许正襟危坐的矜持，而一旦说到"惜"，便必定会与"珍惜"、"怜惜"这样的字眼联系起来，那么，也就一定绕不开一个真挚的"情"字。

范成大隐居石湖，几经转折后偏偏选择了范村，一定与梅花有关。能尽拆旧舍，把三分之一的院落让与梅花，那又岂是仅"喜爱"两字可以表达？

梅开雪落，竹院深静，白雪红梅的意境向来可遇不可求。在这原本是爱梅人最好的赏梅时节里，范成大却畏寒不能尽赏，白石独自观之，虽见美景，也难免有几分寂寞。所谓玩赏，当然也是需要三两知己共同赏玩的乐趣在其中的。

还是梅，还是雪，还是独自一人，白石笔底流出的风味于是又是一贯的清冷、孤绝。几树梅花含蓄地绽放着，清香之气随风飘散。为了古人咏梅的几阕妙词，我曾经在晴朗的冬日里，特地赶到江南去看梅。天高气爽，梅花却有些开过，枝头的花朵谈不上茂盛，地上零落着片片枯蔫的花瓣。可四围却仍被无处不在的暗香卷裹着，这竟是梅花的清香么？凑近那枝枝硬挺的花枝，偏又闻不到半点香味了，于是才明白，桃李不言，下自成蹊，梅花不言，香远益清。白石"背立怨东风，暗香已远"的词句，恰到好处地集合了"凌寒独自开，为有暗香来"的意味与"寂寞开无主，只有香如故"的品格于一身，这便是梅花的气节，有凛然的傲骨，却又绝不张扬。

石湖居士自制《玉梅令》曲，未有歌词填实，这或许是尚未来得及填上，或许是一直未有满意的词句与之相合。不管怎样，这份虚曲以待的小心翼翼已足见石湖对此曲的珍视，心爱之曲授白石填之，填词虽则文人游戏而已，此刻白石心中亦必存几分郑重。白石爱梅之心与石湖相同，也因此，曲为《玉梅令》，且由赏梅而起，顺理成章地以写梅入题。上阕寥寥数笔，凌寒玉梅，澡雪精神。下阕笔锋一转，劝范公到园中赏梅疗疾，"花长好、愿公更健"。寄平安美好心愿于花草的词句古来一直甚多，但寄此心于梅花者却属罕见，又是出于白石笔下，别有一番趣味。末句戏称倘若能使范公日渐康复，自己不惜为之一日绕花千转。信誓旦旦，虽则夸张，然用情恳切，全无阿谀之意。

　　姜夔写梅花词作颇多，首首精妙，而以此首最有趣味。《暗香》、《疏影》等篇写尽了梅花高洁、冷傲的风姿，美得近乎神圣，犹如仙境。本词另辟蹊径，句句写梅，却着眼世间常情，意在以祝石湖居士疾病早愈、身体康健为题。难得者在于，梅与祝愿的话题结合得贴切自然、水乳交融，令人称绝。再穿插以对友人一片赤诚之心的寄予，让读者于蓦然间发现了白石"清空"性情之外的另一面，些许顽皮，些许风趣！

暗 香

辛亥之冬[1]，予载雪诣石湖[2]。止既月[3]，授简索句[4]，且征新声[5]。作此两曲，石湖把玩不已，使工妓隶习之[6]，音节谐婉，乃名之曰《暗香》、《疏影》[7]。

旧时月色[8]，算几番照我，梅边吹笛。唤起玉人，不管清寒与攀摘[9]。何逊而今渐老[10]，都忘却春风词笔[11]。但怪得竹外疏花[12]，香冷入瑶席。　　江国，正寂寂。叹寄与路遥[13]，夜雪初积。翠尊易泣[14]，红萼无言耿相忆[15]。长记曾携手处，千树压、西湖寒碧[16]。又片片、吹尽也，几时见得[17]。

【注释】

1　辛亥：宋光宗绍熙二年（1191）。

2　诣石湖：前往石湖探访。石湖，位于今苏州西南，与太湖通。诗人范成大晚年居住于此，自号石湖居士。

3　止既月：指停留一月。

4　授简索句：指授纸笺与白石，令其写词。

5　征新声：征求新的词调。

6　工妓：乐工、歌妓。隶习：学习。

7　《暗香》、《疏影》：[宋]林逋《山园小梅》诗："疏影横斜水清浅，暗香浮动月黄昏。"白石爱此诗句，取句首二字为"自度曲"咏梅之调名。

8　旧时月色：[唐]温庭筠《经故秘书崔监扬州南塘旧居》："唯向旧山留月色。"[宋]周紫芝《清平乐》："月到旧时明处，共谁同倚阑干。"

9　"唤起"二句：化用[宋]贺铸《浣溪沙》词："玉人和月摘梅花。"

10　何逊：南朝梁诗人，字仲言，今山东郯城人。其诗风宛转清新，有谢朓风致。早年曾任南平王萧伟的记室。《分门集注杜工部诗》苏注："梁何逊作扬州法曹，廨舍有梅花一株。花盛开，逊吟咏其下。后居洛，思梅花。再请其往，从之。抵扬州，花方盛。逊对花彷徨终日。"曾作《扬州法曹梅花盛开》诗："兔园标物序，惊时最是梅。衔霜当路发，映雪拟寒开。枝横却月观，花绕凌风台。朝洒长门泣，夕驻临邛杯。应知早飘落，故逐上春来。"[唐]杜甫《和裴迪登蜀州东亭送客逢早梅相忆见寄》诗说："东阁官梅动诗兴，还如何逊在扬州。"这里将何逊来比况自己。

11　春风词笔：指[南朝梁]何逊《咏春风》诗："可闻不可见，能重复能轻。镜前飘落粉，琴上响馀声。"咏物工细，广为称道。

12　但怪得：惊异。竹外疏花：[宋]苏轼《和秦太虚梅花》诗："江头千树春欲暗，竹外一枝斜更好。"

13　叹寄与：[宋]周邦彦《片玉词》卷二陈元龙注引《荆州记》："吴陆凯与范晔善，自江南寄梅花诣长安与晔，并赠诗曰：'折梅奉驿使，寄与陇头人。江南无所有，聊赠一枝春。'"据俞平伯先生《唐宋词选释》所言，寄赠梅花更早的故事见于《说苑》："越使诸发执一枝遗梁王。梁王之臣曰韩子，顾左右曰：'恶有一枝梅乃遗制国之君乎！'"《初学记》卷二十八引。刘向《说苑》今本无此文。

14　翠尊：翠绿酒杯，这里指酒。

15　红萼：指梅花。耿：耿然于心，形容心中不安，不能忘怀。

16　千树：传说宋时杭州西湖孤山上梅花成林，因有"千树"之说。

17　几时见得：结句拟[宋]周邦彦《六丑》："恐断红尚有相思字，何由见得。"

【解读】

此词咏梅怀人兼感叹世事，思今念往，托物寓意。夏承焘《姜白石词编年笺校》称："作于辛亥之冬，正其最后别合肥之年"，而"时所眷者已离合肥他去"。据此可知是指合肥旧事。但向来解此词者，就不曾固守合肥情事一节。若仅仅理解为合肥情事，则"长记曾携手处，千树压、西湖寒碧"，又将如何解释？须知，词中分明说"携手处"是在"西湖"！

上阕先写"旧时月色"，言外已有"今日月色"，"算几番照我"亦自有"年去岁来曾几番"的意思。如此，便使"梅边吹笛"的"清远"意象含有岁月流逝的意味，从而，既表现了长久不衰的梅花情结，也流露出时不我与的逝川之思。何况接下来还有玉人相偕摘梅花的！在这里，词人为我们塑造了一个由诸多元素构成的"梅花清寒图"，其中有月色，有玉人，有音乐，也有已被净化和静化的情爱。待到"何逊而今渐老"，故实活用，十分贴切。至于"怪得"者，却须与下阕"长记曾携手处"联系起来，所谓"唤起玉人"之人，应该就是"曾携手"所携者。当年人与花俱青春，情思亦最浓，所以梅花"千树"繁，而今人事凋零，花也凋零，是所谓"片片吹尽也"。因为"片片吹尽也"，所以"千树"就变成了"疏花"，情思如此，"怪"者，怪谁？怪什么？又可见，"何逊而今渐老"者，又岂止是年岁之老！人情与诗笔，花木与世事，均在年去岁来中衰落了，只有梅花的清寒之美如故，因此总存有"几时见得"的意愿。

前人所评，未必语语在理，但阅读此词，只作咏物词读，或只作情爱词读，都未免于浅解。

疏　影

　　苔枝缀玉[1]，有翠禽小小，枝上同宿[2]。客里相逢[3]，篱角黄昏，无言自倚修竹[4]。昭君不惯胡沙远[5]，但暗忆、江南江北。想佩环、月夜归来[6]，化作此花幽独。　　犹记深宫旧事，那人正睡里，飞近蛾绿[7]。莫似春风，不管盈盈，早与安排金屋[8]。还教一片随波去，又却怨、玉龙哀曲[9]。等恁时、重觅幽香[10]，已入小窗横幅[11]。

【注释】

　　1　苔枝缀玉：苔枝即苔梅，梅树的一种。范成大《梅谱》："古梅会稽最多，四明吴兴亦间有之。其枝樛曲万状，苍藓鳞皴，封满花身；又有苔须垂于枝间或长数寸，风至，绿丝飘飘可玩。初谓古木历久，风日致然。详考会稽所产，虽小株亦有苔痕，盖别是一种，非必古木。"《武林旧事》卷七记"送高宗"语："苔梅有二种，一种宜与张公洞者，苔藓极厚，花极香；一种出越上，苔如绿丝，长尺馀。"说他家乡的古梅"苔须垂于枝间，或长数寸"。

　　2　"有翠禽"二句：《龙城录》有述，隋开皇中，赵师雄行罗浮山，日暮于松林中见美人，与之对饮，又有一绿衣童子笑歌戏舞。［宋］曾慥《类说》卷十二引《异人录》："师雄醉寐，但觉风寒相袭。久之东方已白，起视大梅花树上，有翠羽刺嘈相顾，所见盖花神。月落参横，惆怅而已。"原来赵师雄所遇美女为梅花之神，绿衣童子即梅花树上的翠鸟幻化。

3　客里：白石是江西人，当时住苏州，因此自称"客里"。

4　"篱角"二句：化用［唐］杜甫《佳人》："天寒翠袖薄，日暮倚修竹。"这里把梅花比作美人。

5　"昭君"句：昭君，王昭君。《后汉书·南匈奴传》记载：汉元帝时期宫女王嫱，被远嫁匈奴，居留北方边塞沙漠之地。郑文焯校本云："考唐王建《塞上咏梅》诗曰：'天山路边一株梅，年年花发黄云下，昭君已没汉使回，前后征人谁系马。'白石词意当本此。"［清］许昂霄《词综偶评》引［宋］胡铨《咏梅》诗："宋人咏梅，例以弄玉太真为比，不若以明妃拟之尤有情致也。胡澹庵（即胡铨）诗，亦有'春风自识明妃面'之句。"后人有见解认为此处白石以王昭君之典暗喻徽钦二帝之事，寄托家国兴亡之感，如［清］张惠言《词选》曰："以二帝之愤发之。"也有学者与此观点不同，夏承焘先生认为，靖康之乱距离姜夔作此词时已六七十年，说此词专为靖康之乱而作，似不太妥当；说白石抒发感慨，泛指南宋时局，则未尝不可。（《姜白石词编年笺校》）

6　佩环月夜归来：［唐］杜甫《咏怀古迹》五首之三

吟昭君云："群山万壑赴荆门，生长明妃尚有村。一去紫台连朔漠，独留青冢向黄昏。画图省识春风面，环佩空归月夜魂。千载琵琶作胡语，分明怨恨曲中论。"此处虽只涉及杜诗中个别章句，其寓意却涵盖杜诗全篇。

7　"犹记"三句：《太平御览》卷三十《时序部》引《杂五行书》："宋武帝女寿阳公主人日卧于含章殿檐下，梅花落公主额上，成五出花，拂之不去。皇后留之，看得几时。经三日，洗之乃落。宫女奇其异，竞效之，今梅花妆是也。"娥绿，犹眉黛。

8　莫似春风：意为别像春风那般无情。盈盈：美好貌，亦借美人比花。《古诗十九首》："盈盈楼上女，皎皎当窗牖。"金屋：《汉武故事》记武帝幼时对姑母说："若得阿娇（武帝表妹，后为陈皇后）作妇，当作金屋贮之也。"此处用典，暗含惜花之意。

9　玉龙哀曲：玉龙，笛子名。玉指其华饰，龙状其音声。〔汉〕马融《长笛赋》所谓"龙鸣水中"。哀曲，指曲子《梅花落》。〔唐〕李白《与史郎中钦听黄鹤楼上吹笛》诗云："一为迁客去长沙，西望长安不见家。黄鹤楼中吹玉笛，江城五月落梅花。"落梅花，即《梅花落》。李白诗《金陵听韩侍御吹笛》云："韩公吹玉笛，倜傥流英音。风吹绕钟山，万壑皆龙吟。"〔宋〕林逋《霜天晓角》词云："甚处玉龙三弄"，与"玉龙哀曲"其意相合。盖"梅花三弄"之意。〔唐〕韩偓《梅花》诗："梅花不肯傍春光，自向深冬著艳阳。龙笛远吹胡地月，燕钗初试汉宫妆。风虽强暴翻添思，雪欲侵凌更助香。应笑暂时桃李树，盗天和气作年芳。"与本词所用昭君、胡沙、寿阳深宫旧事含义相通。

10　恁时：那时。

11　横幅：画幅。

【解读】

较之《暗香》，此《疏影》一阕，词境尤见深婉而悠长。若只就表面词意寻索，无非巧妙地将一系列典故串联起来而已，而细读体会之后，自有许多心得。苔梅，实有其物，翠禽，亦有所本，虚实融会处，兼得形象与寄托两重意趣。以此为契机，已揭示出本此乃以寄托为主线的基本思路，读者评者，于此不可忽略。昭君故事，宋人多有歌咏，欧阳修、王安石他们还曾就此唱和，王安石甚至有"汉恩自浅胡自深"的新警之见，足见宋人借古喻今，每有独到见识，义理追求，不肯寻常出之。待到白石这里，既言"不惯胡沙远"，依塞北江南这样的语意对应，但言江南亦属常情，词人却道："江南江北"，寄托线索，总归不能略去。杜甫《咏怀古迹五首》"画图省识春风面，环佩空归月夜魂"，颇含历史因果的推求，白石词意，是否借此发挥，可容解者阐说。但，无论如何，魂魄归来，化作梅花幽独，这样的意象实在是美妙！

换头用寿阳典故，似敷衍而实有味。通读全词而作整体通观，然后可以领会到，作者其实是将昭君、寿阳、阿娇故事熔为一炉，从而构想成一个曲折起伏的意识流。前半渲染"幽独"意境，苔梅翠禽，是为幽独；佳人空谷，亦为幽独；幽魂夜归，依然是为幽独。后半转写追忆与反思，"犹记"云云，自是追忆无疑。"早与安排金屋"一句，寓意最为显豁，要想环佩无空归之恨，就须事先有安排之计，作者字里行间的寄托，我们切不可笼统带过。结拍再表欲罢不能的心灵哀苦，不作直白的痛苦言语，只是一再造成情思的转折，而每一层转折又都是一层递进。

值此，需要特意说明的是，这一首《疏影》与前面一首《暗香》乃是一个整体，因此就有彼此呼应的意象线索。这里道："还教一片随波去"，前面道："又片片吹尽也"；这里道："重觅幽香"，前面道："几时见得"；其章法精微处，需要细心领会。至于冷香幽独终入画幅，即使不去考虑它的寄托意义，仅仅就意象本身而言，也已经透露出对梅花的一往深情，这最终又是非常切题的。

水龙吟

黄庆长夜泛鉴湖[1]，有怀归之曲，课予和之[2]。

夜深客子移舟处[3]，两两沙禽惊起。红衣入桨[4]，青灯摇浪，微凉意思。把酒临风，不思归去，有如此水[5]。况茂陵游倦[6]，长干望久[7]，芳心事，箫声里。　　屈指归期尚未，鹊南飞[8]、有人应喜[9]。画阑桂子，留香小待，提携影底[10]。我已情多，十年幽梦，略曾如此。甚谢郎也恨飘零[11]，解道月明千里？

【注释】

1　黄庆长：未详。鉴湖：在浙江绍兴城南三里。原名镜湖，以宋讳改。

2　课予和之：请我用同韵相和。课，要求、考核。此乃自谦的一种说法。

3　客子：作者自称。

4　红衣入桨：船桨没入粉红的荷花塘中。红衣，指荷花。

5　有如此水：指水为誓，表示归心迫切。《左传·僖公二十四年》记公子重耳之言："所不与舅氏同心者，有如白水。"［宋］苏轼《游金山寺》诗："有田不归如江水。"白石套用此意思，表明思乡情绪之切。

6　茂陵：西汉五陵之一。建元二年（前139）在槐里（今陕西兴平东南）茂乡筑茂陵，并置县。汉武帝死后葬于此。汉代辞赋家司马相如（蜀郡成都人），晚年多病，曾客居于茂陵。《史记·司马相如传》："病免，家居茂陵。"白石用此典以茂陵自比客居之地。

7　长干：古建康里巷（今属南京）。六朝时建康南五里秦淮河两岸有山冈，其间平地，为吏民杂居之所，江东称山陇之间为"干"，故名。［晋］左思《吴都赋》："长干延属，飞甍舛互。"此处代指黄庆长的故乡。望久：指分别后，黄庆长的妻子久久地盼望着他回去。

8　鹊南飞：旧有喜鹊鸣，行人归的说法。《西京杂记》："乾鹊噪而行人至。"鹊，喜鹊。

9　有人应喜：暗指黄庆长不久之后便要返回故乡。

10　提携影底：携手在树影下游赏。

11　谢郎：指南朝宋时作家谢庄。［南朝宋］谢庄《月赋》："美人迈兮音尘阙，隔千里兮共明月，临月叹兮将焉归，川路长兮不可越"之句，此处指黄庆长。

【解读】

　　这是一首唱和词。诗、词唱和文人间常有，多在原作基础上生发而去，彼此心意呼应熨帖。本词由与黄庆长泛舟鉴湖而起，先以清凉笔触写湖中夜景，桨声灯影，碧波荷花，景色如画。只是，既然"夜深移舟"一句已突出"夜深"二字，只怕未必出于无意，下句沙禽"惊起"，足见已睡去多时，暗含夜深之意，桨声欸乃，微风促浪，如此轻微的声响竟将懵懂之禽惊飞而去，又见夜之寂静。思乡之情于夜深人静之处更易强烈迫切，"不思归去"之叹由此而起。

不过，若按"盼归"之意来解，似乎又不可以太坐实。白石此处，分明还欲表达一种逸然于有情无情之间的特殊意态。上阕"把酒临风，不思归去，有如此水"，明誓于当此之际，意味便自两可，谓其必有归意者固然可以，谓其忘情乎云水之间者，又有何不可？试看其笔下的夜泛鉴湖景色，"红衣入桨，青灯摇浪，微凉意思"，真仿佛倪云林笔下水墨清远山水，虽似草草，却传神写照，令人心胸清远，几无情念。词中"茂陵"、"长干"，均皆尘世俗念之所系，前面以一"况"字领起，势必有反衬前句"把酒临风，不思归去"的潜台词，倦于彼者，必乐于此，这是再简单不过的一个道理。

此词写夜景，用笔空灵，清省简远。结语以谢家风流的口吻云"解道月明千里"，不仅尽传友人胸襟之有若魏晋名士者，而且遥遥与开篇呼应，将眼前月夜泛舟的景象，分在两处描写，显得兴味深长。

玲珑四犯

越中岁暮[1]，闻箫鼓感怀。

叠鼓夜寒[2]，垂灯春浅[3]，匆匆时事如许！倦游欢意少，俯仰悲今古。江淹又吟恨赋[4]，记当时、送君南浦[5]。万里乾坤，百年身世，唯有此情苦。　　扬州柳垂官路，有轻盈换马[6]，端正窥户[7]。酒醒明月下，梦逐潮声去。文章信美知何用[8]，漫赢得天涯羁旅[9]。教说与，春来要、寻花伴侣。

【注释】

1　越中：指今浙江绍兴。据夏承焘《白石系年》，宋绍熙四年（1193）岁暮，姜夔客居绍兴。

2　叠鼓：一阵又一阵、敲击不断的鼓声。

3　垂灯：张挂彩灯。

4　江淹：（444—505）字文通，济阳考城（今河南兰考）人。历南朝宋、齐、梁三朝。曾任御史中丞，官到金紫光禄大夫。其诗作幽丽精工。有《恨赋》等作，著《江文通集》。

5　送君南浦：本江淹《别赋》："春草碧色，春水绿波，送君南浦，伤如南浦，伤如之何。"南浦，水滨，泛指送人之处。

6　轻盈：此指体态婀娜柔美的女子。换马：古乐府《杂曲歌辞》有"爱妾换马"篇。〔元〕林坤《诚斋杂记》载后魏曹彰曾以妓女换马的故事。《异闻实录》也记载了鲍生蓄养声妓，韦生好乘骏马，一日二人相遇对饮，乃以女妓换骏马的故事。后以"换马"代称妓女。

7　端正：指女子面容端庄、周正。窥户：窥视门户，指情遇之事。周邦彦《瑞龙吟》："因记个人痴小，乍窥门户。"

8　文章信美：诗文十分优美。信，确实。

9　羁旅：在外漫游、作客。

【解读】

精通音律之人往往极易为笙箫管笛所动，对他们来说，音乐里寄托着蕴涵不尽的情思，挥之不去。箫的音色低沉忧郁，呜咽缠绵，而鼓点阵阵又催人心急，难以平复。岁暮本是万家团聚的时节，白石却孤身在外，听窗外箫鼓频传，感室内夜寒难耐，事事皆为心情波动提供了条件与可能，内心里怎禁得不倍感身世之凄凉？

"倦游欢意少，俯仰悲今古"，如果说倦游之意对白石来说以前也并非没有，那么此时便益发强烈到难以控制的程度，俯仰之间喷薄出一股气魄，对白石这般自来表情达意婉转含蓄的人，使用如此凄怆的词汇，若非胸中情绪激荡到某种高度，难以设想。"万里乾坤，百年身世"续

"今古"之气势而下，再接一句"唯有此情苦"，直让人不禁潸然泪下。试想，这"唯有"之事乃是无可选择、不可摆脱的命运，该是如何之痛，如何之苦？"万里"、"百年"、"今古"、"时事"，组成非常厚重的时间与历史感，使我们想起杜甫的"万里悲秋常作客，百年多病独登台"，想到陈子昂的"前不见古人，后不见来者"，然而，白石笔下，却有一个更加厚重的存在，这种抒写方式，是值得关注的。

"扬州"一段写曾经纸醉金迷的生活，流连于一片花红柳绿、笙歌乐舞之中，然酒醒处惟见明月苍白，一切皆化虚无。"文章信美知何用，漫赢得天涯羁旅"，万种辛酸归于这一声慨叹，才高八斗本是此生最值得炫耀的资本，却终于无法凭依去获得功名事业，只落得清客生涯，天涯飘零，寄人篱下。为排遣情思恼人，自然而然地寄希望于来年，但转念一想，即便春风再度，又能如何？以自己之景况，也就是继续重复着单调的生活，最多不过是寻花为伴，权解无聊就是了。下阕融情于景，不可忽略了像"酒醒明月下，梦逐潮声去"这样的词句。想象之下，那酒后沉沉的梦境也好，醒后惘然的心境也好，梦与醒交织着的意识也好，都有一个非常鲜明的背景，那就是明月下的江水，月明千里，江水东流。不管是张若虚的《春江花月夜》，还是李煜的"问君能有几多愁，恰似一江春水向东流"，人世间的悲欢离合、喜怒哀乐，不都熔铸在这清江明月的艺术思绪中了吗？但却又百写不厌，百读不厌，因为每一次的抒写都很独特，比如这里的"酒醒明月下，梦逐潮声去"，其间所含蕴的"心潮逐浪高"式的审美思维，实在是值得再三去体会的。

莺声绕红楼

甲寅春[1]，平甫与予自越来吴[2]，携家妓观梅于孤山之西村[3]，命国工吹笛[4]，妓皆以柳黄为衣。

十亩梅花作雪飞，冷香下、携手多时。两年不到断桥西[5]，长笛为予吹。　　人妒垂杨绿，春风为染作仙衣[6]。垂杨却又妒腰肢[7]，近前舞丝丝。

【注释】

1　甲寅：宋光宗绍熙五年（1194）。

2　平甫：张鉴，字平甫，张俊之孙，张镃（功父）之弟。张俊为南宋大将，在无锡建有庄园。姜夔与张鉴感情至深，[宋]周密《齐东野语》卷十二收《姜尧章自叙》，白石自述曰："旧所依倚，惟有张兄平甫，其人甚贤。十年相处，情甚骨肉。而某亦竭诚尽力，忧乐同念。"自越来吴：从绍兴到杭州去。杭州有吴山，春秋时乃吴国边界。

3　孤山之西村：[宋]周密《武林旧事》卷五记孤山路："西陵桥又名西林桥，又名西泠桥，又名西村。"白石歌曲别集《卜算子·梅花八咏》注："西村在孤山后，梅皆阜陵时所种。"

4　国工：宫廷中的乐师。

5　断桥：西湖著名景点，在孤山西，因雪后桥似断而得名。《武林旧事》卷五记："断桥，又名'段家桥'，万柳如云，望如裙带。白乐天诗云：'谁开湖寺西南路，草绿裙腰一带斜。'"

6　仙衣：指小序中所说的乐妓柳黄色的舞衣。

7　"垂杨"一句：古代文人诗词中常以杨柳比喻女子柔美的腰肢，[唐]白居易有诗："樱桃樊素口，杨柳小蛮腰。"

【解读】

　　这是姜夔自度曲之一，词的主旨并无奇特，其实仍是一次记游之作。若说此词胜人之处，多在其比况手段。

　　开篇一句"十亩梅花作雪飞"，意象就很奇特。梅花向来以疏淡景致著称，多以"一枝"、"数枝"的姿态出现，如"墙角数枝梅，凌寒独自开"等，这里的"十亩梅花"不知该是何等阔大的景象？"作雪飞"将梅花花瓣飘舞之势比作雪花飞舞，确实浪漫。以梅比雪者，自来就有，并不鲜见，吕本中《踏莎行》词曾有曰："雪似梅花，梅花似雪。似和不似都奇绝。"然白石塑造"十亩梅花作雪飞"的形象，较之岑参的"忽如一夜春风来，千树万树梨花开"，别有一番情趣。

　　下阕作者将人与柳交结一处，浓浓的情趣恰恰就在两番比拟的彼此含蕴之中。"人妒垂杨绿"几句,先以柳叶颜色与乐妓衣色并提,垂杨之绿鲜活清亮,使女子顿生企羡之心。世上最美是天然,绝非人力可企及,但女孩子又天生爱美,不妒之又奈何?!于是生出模仿的天性,裁制绿罗裙来与杨柳春色媲美。多么美妙的构想!然而,更美妙的情思还在接下来的"春风为染作仙衣",是春风这双神女之手,温柔拂处,万物复苏,皆著春风之色,杨柳垂条,飘飘欲仙,仿佛瞬间披上了飘渺的霓裳彩衣。而这同时不也在说,正是青春给了少女美妙的性灵和美容吗?原来一切都缘于青春啊!优美如此,柳若有情也该沾沾自喜了吧?女子们身着柳黄色衣裙,纤腰摇摆,婀娜妩媚,如此光景,直教自以为纤细的柳条也禁不起生出艳羡之心,嫉妒起女子的腰肢柔美。

本词短小精悍,却趣味无穷。人柳相互映衬,先褒扬柳色喜人,再衬托人之窈窕,相形之下,美人之美又更胜杨柳一筹。柳色之美以人之艳羡为比,二者互比实则是以虚比虚,颇有"梅须逊雪三分白,雪却输梅一段香"（[宋]卢梅坡《雪梅》）的意味。然相形之下,白石这首《莺声绕红楼》更多聪明灵秀,将垂柳人性化,平添许多生机生趣。

角　招　黄钟角

甲寅春[1]，予与俞商卿燕游西湖[2]，观梅于孤山之西村[3]，玉雪照映，吹香薄人[4]。已而商卿归吴兴，予独来，则山横春烟，新柳被水，游人容与飞花中，怅然有怀，作此寄之。商卿善歌声，稍以儒雅缘饰；予每自度曲，吟洞箫，商卿辄歌而和之，极有山林飘渺之思。今予离忧[5]，商卿一行作吏[6]，殆无复此乐矣[7]。

为春瘦。何堪更、绕西湖尽是垂柳。自看烟外岫[8]，记得与君，湖上携手。君归未久，早乱落香红千亩[9]。一叶凌波缥缈，过三十六离宫[10]，遣游人回首。　　犹有，画船障袖[11]，青楼倚扇，相映人争秀。翠翘光欲溜，爱着宫黄[12]，而今时候。伤春似旧。荡一点、春心如酒。写入吴丝自奏[13]，问谁识、曲中心，花前友[14]。

【注释】

1　甲寅：南宋光宗绍熙五年（1194）。
2　俞商卿：俞灏字商卿，世居杭州。父迁往乌程，晚年于西湖九里松造屋室，有《青松居士策》。乃白石在湖州、杭州的交游友人。燕游：宴游，饮宴游玩。

3　西村：详见前首《莺声绕红楼》（十亩梅花作雪飞）注3。

4　薄：迫近。

5　离忧：遭遇忧愁之事。

6　商卿一行作吏：《咸淳临安志》载："俞灏绍熙四年登第。"［晋］嵇康《与山巨源绝交书》："一行作吏，此事便废。"

7　殆：恐怕。

8　岫：山。

9　香红：红梅。

10　三十六离宫：此借指南宋京城临安（杭州）的众多宫殿。［汉］张衡《西京赋》："离宫别馆三十六所。"［唐］骆宾王《帝京篇》："秦塞重关一百二，汉家离宫三十六。"

11　障袖：指女子举袖障风。［宋］周邦彦《瑞龙吟》："障风映袖，盈盈笑语。"

12　宫黄：黄粉，宫人用以涂在额上。梁简文帝《美女篇》诗："约黄能效月。"民间妇女很多效仿，也称额黄。

13　吴丝：指乐器的弦索。［唐］李贺《李凭箜篌引》："吴丝蜀桐张高秋，空白凝云颓不流。江娥啼竹素女愁，李凭中国弹箜篌。"

14　花前友：此指俞商卿。

【解读】

　　本词又是一首与友情相关的词作。小序中已经写明作词的原由。南宋绍熙五年（1194）的春天，姜夔与好友俞商卿西湖游赏，于孤山西村赏梅，梅花如雪，清香袭人。可惜后来俞商卿归吴兴，再赏西湖白石只得独往。昔日友人同游，乐趣无穷，今番西湖山水虽依旧可人，却是形单影只，往日欢乐不在了。以往吟箫和歌、无限山水飘渺之思，如今只剩离忧，不堪回首。

　　开篇先写西湖春景，垂柳依依，烟外远岫，一片朦胧美景。接着回忆与友人湖上携手的温馨往事。白石《莺声绕红楼》词曾有"十亩梅花作雪飞"一句，已然颇有气势，此处居然"香红千亩"，意象阔大，何况是乱落香红千亩，虽是描写梅花飘零，也暗含失意零落之意。夸张之下，凸显出落红千亩风中乱舞的意象，具有极强的艺术感染力。

　　下文写画船青楼，人面争秀的江南美女，从动作服饰入笔，写法颇有延续宫体的风格，好在并不拘泥于此，笔尖迅速转开，"荡一点，春心如酒"，又回复白石一贯的词境，空灵又兼清远。写忧思如同春酒，那忧思也是醉人的忧思，感伤本身就是美。将这醉人的忧思像酿酒一样酿入吴越琴丝，让人于指弦上去聆听，而那拨弄琴弦的纤纤玉指，正当是情意相通的妙龄女子吧！何况在座的知音，必然有久违的友人。意境何等之美，怎能不令人陶醉！最后一问，再次加强了对朋友间挚情的表达，白石对友人的忠诚与真挚，可见一斑！而就词语意思讲，则分明是说：知我者，非子莫属。

鹧鸪天

予与张平甫自南昌同游西山玉隆宫[1]，止宿而返，盖乙卯三月十四日也[2]。是日即平甫初度，因买酒茅舍，并坐古枫下；古枫，旌阳在时物也[3]，旌阳尝以草履悬其上，土人谓屦为屝[4]，因名曰挂屝枫。苍山四围，平野尽绿，隔涧野花红白，照影可喜，使人采撷，以藤纠缠着枫上；少焉[5]，月出大于黄金盆，逸兴横生，遂成痛饮，午夜乃寝。明年平甫初度，欲治舟往封禺松竹间[6]，念此游之不可再也，歌以寿之。

曾共君侯历聘来[7]，去年今日踏莓苔。旌阳宅里疏疏磬[8]，挂屝枫前草草杯。　　呼煮酒[9]，摘青梅，今年官事莫徘徊。移家径入蓝田县[10]，急急船头打鼓催。

【注释】

1　张平甫：详细见《莺声绕红楼》注2。南昌：南宋隆兴府，即今江西南昌。西山：今江西南昌境内的山。《舆地纪胜》卷二十六《隆兴府》载，西山在新建（隆兴府所治县）西，高二千丈，周三百里。《寰宇记》云："又名南昌山。"玉隆宫：《舆地纪胜》卷二十六载：玉隆观"在新建县界，旧名游帷观，国朝祥符中改赐玉隆观额"。

2　乙卯：宋宁宗庆元元年（1195）。

3　旌阳：指曾任旌阳令的许逊。《豫章古今记》有记曰："许真君逊，字敬之，南昌人。晋永和二年八月十五日，合家仙去。其宅今游帷观是也。"《能改斋漫录·许旌阳作铁柱镇蛟》载："晋许真君为旌阳令，时江西有蛟为害，旌阳与其徒吴猛仗剑杀之，遂作大铁柱镇压其处。今豫章有铁柱观，而柱犹存也。"

4　屦（jù句）：麻、葛制成的草鞋。屩（juē 撅）：草鞋。

5　少焉：不久，不一会儿。

6　封禺：封山、禺山的合称，在浙江湖州武康，相传禺山为禹十二代孙帝禺所居。此处代指湖州。

7　君侯：指张鉴。《陈谱》："平甫为宰山阴，故称君侯。"历聘：多次游访。

8　磬：古代打击乐器，形状像曲尺，以玉或石制成。佛寺中的打击乐器，用铜制成，形状像钵。

9　煮酒：烫酒。苏轼《赠岭上梅》诗："且趁青梅尝煮酒，要看细雨熟黄梅。"

10　蓝田县：属今陕西，古代以出产美玉闻名，境内有蓝田山，因产美玉被称之为玉山。［唐］李商隐《锦瑟》诗："沧海月明珠有泪，蓝田日暖玉生烟。"夏承焘校笺：

"王维有辋川蓝田别业,此以比平甫封禺别业。"〔唐〕杜甫《去矣行》诗:"未试囊中餐玉法,明朝且入蓝田山。"

【解读】

此词小序写得极有情味,寥寥数语,便曲尽情景之妙。

对姜夔来说,张鉴不仅是他赖以生存的接济者,更是他的知心朋友。张鉴对白石的周济也不同于一般的供养门客,而是出自于一种惺惺相惜的看重和彼此信赖的沟通。基于以上种种原因,白石对张鉴的感情就更为丰富,有对其接济自己的感激,有相互间心灵交汇的理解,甚至还有一点点亲人般的依赖。

从词中可以看出,在日常的生活中,作为知己的张、姜二人时常结伴出游,且每每游趣蓬勃,乘兴来去。"曾共君侯历聘来,去年今日踏莓苔",足见二人同游已成一种规律性的习惯,易时皆然。"呼煮酒"的一个"呼"字,写出了二人之亲密无间。煮美酒、摘青梅,尽显野兴悠然,又暗含着二人情投意合的默契。可惜张鉴即将移家湖州,作为挚友,白石满怀祝愿,愿友人可尽享林泉之乐,虽则也惋惜因此而失去了共游之乐,心中有无限的依恋与怀念。

或许是序文已经写尽了情思风景,总体而言,此词本身写得不即不离,只"疏疏磬"、"草草杯"两句仍相当值得品味,序中所谓"逸兴横生",反倒是在这等地方最易悟入。

齐天乐 黄钟宫

丙辰岁[1],与张功父会饮张达可之堂[2],闻屋壁间蟋蟀有声,功父约予同赋,以授歌者;功父先成,辞甚美[3];予裴徊茉莉花间[4],仰见秋月,顿起幽思,寻亦得此[5]。蟋蟀中都呼为促织[6],善斗,好事者或以三二十万钱致一枚,镂象齿为楼观以贮之[7]。

庾郎先自吟愁赋[8],凄凄更闻私语。露湿铜铺[9],苔侵石井,都是曾听伊处[10]。哀音似诉,正思妇无眠[11],起寻机杼[12]。曲曲屏山[13],夜凉独自甚情绪。　　西窗又吹暗雨。为谁频断续,相和砧杵[14]。候馆迎秋[15],离宫吊月[16],别有伤心无数。豳诗漫与[17],笑篱落呼灯,世间儿女[18]。写入琴丝,一声声更苦[19]。

【注释】

1 丙辰岁:宋宁宗庆元二年(1196)。

2 张功父:张镃,字功父,号约斋。张俊之孙,张平甫的异母兄。曾著《南湖集》、《南湖诗馀》,还有《玉照堂词》,今存词八十多首。张达可:由于张镃旧字时可,张达可约是其兄弟辈之人。杨万里《诚斋集》卷二十一载:"达可与时可连名,或其兄弟辈。"

3　功父先成,辞甚美:意谓张功父的词率先完成,言辞很美。[宋]张镃《南湖诗馀》载其作《满庭芳·促织儿》:"月洗高梧,露漙幽草,宝钗楼外秋深。土花沿翠,萤火坠墙阴。静听寒声断续,微韵转、凄咽悲沉。争求侣,殷勤劝织,促破晓机心。　儿时,曾记得,呼灯灌穴,敛步随音。任满身花影,犹自追寻。携向花堂戏斗,亭台小、笼巧妆金。今休说,从渠床下,凉夜伴孤吟。"

4　裴徊:徘徊。

5　寻:不大功夫。

6　中都:都城。谓南宋都城临安(今浙江杭州)。

7　镂象齿为楼观:指用象牙雕刻成楼台状的蟋蟀罐。镂象齿,雕刻象牙。《西湖老人繁胜录》:"促织盛出,都民好养,或用银丝为笼,或作楼台为笼。"

8　"庾郎"句:庾信(513—581),字子山,南朝时梁朝人,南阳新野(今河南)人。梁元帝承圣三年(554)奉使西魏,来到长安。西魏不久攻陷江陵,元帝被诛杀,梁由此亡。庾信羁留北方,念念不忘故乡,曾作《哀江南赋》、《愁赋》以寄思乡之情,极言离乡之苦。《愁赋》中曾有"谁知一寸心,乃有万斛愁"之句。

9　铜铺:铜铺首,古代装于大门上,兽面形状的铜制底座,用以衔住门环。

10　曾听伊处：曾经听蟋蟀啼叫的地方。

11　思妇无眠：在家之妇人思念远方征人难以入眠，又闻蟋蟀鸣叫，起身织布，为征人制作御寒衣服。〔晋〕陆玑《毛诗草木鸟兽鱼虫疏》："蟋蟀，幽州人谓之促织，督促之言也。里语曰：'促织鸣，懒妇惊。'"

12　机杼：织布机。《木兰辞》："不闻机杼声，但闻女叹息。"《古诗十九首》："纤纤擢素手，札札弄机杼。"

13　屏山：屏风。以其上往往画有山水图案，又称屏山。

14　砧杵（zhēn chǔ 真楚）：古时妇女用来捣衣的石板和棒槌。捣衣石为砧，捣衣棒为杵。古代妇女常在夜里赶洗衣物，寄给征人。《乐府诗集·子夜四十歌·秋歌》："佳人理寒服，万结砧杵劳。"〔唐〕李白《子夜吴歌》："长安一片月，万户捣衣声。"

15　候馆：客馆。《周礼·地官·遗人》："五十里有市，市有候馆。"

16　离宫吊月：化用〔唐〕白居易《长恨歌》："行宫见月伤心色。"离宫，行宫，皇帝出行时居住的宫馆。吊月，对月伤情。

17　豳（bīn 宾）诗：指《诗·豳风·七月》。该诗描写蟋蟀"七月在野，八月在宇，九月在户，十月蟋蟀入我床下"。漫与：漫不经心的描述，率意而作。杜甫《江上值水如海势聊短述》诗曰："老去诗篇浑漫与，春来花鸟莫深愁。"

18　世间儿女：乡间的孩童。

19　"写入"二句：作者自注云："宣、政间，有士大夫制《蟋蟀吟》。"宣政，指宋徽宗政和（1111—1118）、宣和（1119—1125）年间，此时正是北宋灭亡的前夕。写入琴丝，即谱成琴曲。

【解读】

宋人风雅，喜好于俗物中见雅趣，以诗酒会友，好品题万物。白石咏蟋蟀的因由来去，于小序中详作记述，小序文字本身的趣味，虽未必超出词作，却已自成格调，不妨单独欣赏。

白石评张镃所赋《满庭芳·促织儿》，写景状物，"辞甚美"、"心细如丝发"，信然。张镃《促织儿》由物及景，由今夕怀想儿时逮蟋蟀的往事，笔触细腻，一丝不苟，虽然整体构思趋向平常，似乎缺乏新意，但其逼真的生活细节，使作品具备了写实性的艺术价值。白石此词则是另辟蹊径，构思奇特，空间视角不断转移扩展，层层推出，步步烘衬，渐远渐深，渲染出一幅哀怨凄凉的艺术境界。

稼轩有《贺新郎·赋琵琶》，将上下千古与琵琶相关的公案，颠来倒去，说又重说。看似繁复，却自有其精彩之处，且尽显其为词功力高妙。顾随评价《赋琵琶》曰："原夫咏物之作，最怕为题所缚，死于句下；必须有一番手段使它活起来。狮子滚绣球，那球满地一个团团转，狮子方好使出通身解数，然而又要能发能收，能擒能纵，方不至不可收拾。稼轩此作，用了许多故实，恰如狮子滚绣球相似，上下、前后、左右，狮不离球，球不离狮，狮子全副精神，注在球身上。球子通个命脉，却在狮子脚下。古今词人一到用典咏物，有多少人不是弄泥团汉。龙跳虎跃，凤翥鸾翔，几个及得稼轩这老汉来？"顾随先生撰文说词，其文本身亦通篇锦绣好词，把辛词掌故之妙解读得条分缕析，酣畅淋漓，发人深省。再观白石此首《齐天乐》虽谈不上"龙跳虎跃，凤翥鸾翔"，却也是将小小蟋蟀的单一信息，联想发挥到了天地广阔的情景之中，以草虫微小之躯，看人间世情百态，以物拟人，句句妙思。正如许昂霄《词综偶评》言《齐天乐》词"将蟋蟀与听蟋蟀者层层夹写，如环无端，真化工之笔也"。

"庾郎先自吟愁赋"，开篇用杜甫诗意："庾信生平最萧瑟，暮年诗赋动江关"，以蟋蟀喻垂暮老者，先赋予本题以凄凉意味；所吟词句又名曰《愁赋》，再作点题。庾信身世，《愁赋》主题，又兼"凄凄更闻私语"，咏物与咏怀结合，生活细节与历史传统结合，含蕴十分丰富，而情思尽归凄凉。"露湿铜铺，苔侵石井，都是曾听伊处"。凡有生活经验者读到这里无不有身临现场的强烈感受。"哀音"一句接"私语"而来，蟋蟀又名促织，于是自然联想到"织妇"。一时间蟋蟀哀音与机杼愁绪声声交融，织妇心头的惆怅，越过远水遥岑，寻找远行的亲人，却不知征人何处，仿佛远在天涯尽头。山色悠悠，秋色已深，寒衣何寄,形单影只,夜凉独自甚情绪。

下阕首句曾被世人奉为"岭断云连"的经典,最得换头妙谛。岭断,指词中空间人事变换,由室内而窗外,由织妇而捣衣女。"云连"指其词意不断,潜脉暗通。"西窗又吹夜雨",自有夜雨不眠伤心人,而蟋蟀有知,哀鸣不绝,似在应和捣衣声,如是西风夜雨中的特定情景,寄寓着人世间的多少苦楚!"候馆迎秋,离宫吊月",视线与思绪不断延伸,越过平常征人家,投向广阔的人世间,投向历史的深远处。谪臣迁客、士人游子,候馆孤卧,耿耿秋灯相伴,罗衾难耐秋寒。更有帝王后妃、宫娥彩女,或者"玉阶生白露,夜久侵罗袜。却下水晶帘,玲珑望秋月",或者"天阶夜色凉如水,坐看牵牛织女星"。百无聊赖间遥遥与秋月独对,倘再闻蟋蟀之声,勾起潜怀种种心事,焉能不"伤心无限"?

以上极写蟋蟀之声无处不闻,欲避不能,当是时,天下愁苦人仿佛无不闻蟋蟀声而愁绪起,私语、悲吟、机杼、砧杵、孤灯、冷衾……于秋风秋雨中,剪不断,理还乱,于读者而言,仿佛世间一切愁绪尽化为蟋蟀悲吟。不料,陡然间一句"笑篱落呼灯,世间儿女",情绪于低沉突然轻扬,仅九个字写出世间小儿女呼朋引伴、举灯欢笑、捕捉蟋蟀的生动情景,声情并茂,呼之欲出。初读时仿佛与前文氛围不合,细品去才觉馀味深远。于是倍感陈廷焯说的是,白石恰恰是"以无知儿女之乐,反衬出有心人之苦,最为入妙"(《白雨斋词话》)。虽张镃所赋《满庭芳·促织儿》也有儿时捕蟋蟀的乐趣，然通篇情绪单纯，比起白石或正或反，或远或近，或悲或喜，全方位层层突进，显然在构思、造境上已略输一筹。

庆宫春

绍熙辛亥除夕[1],予别石湖归吴兴[2],雪后夜过垂虹[3],尝赋诗云[4]:"笠泽茫茫雁影微[5],玉峰重叠护云衣。长桥寂寞春寒夜,只有诗人一舸归。"后五年冬,复与俞商卿、张平甫、铦朴翁自封禺同载诣梁溪[6],道经吴松,山寒天迥,云浪四合,中夕相呼步垂虹,星斗下垂,错杂渔火,朔吹凛凛,卮酒不能支,朴翁以衾自缠,犹相与行吟,因赋此阕,盖过旬涂稿乃定;朴翁咎予无益,然意所耽不能自已也。平甫、商卿、朴翁皆工于诗,所出奇诡,予亦强追逐之;此行既归,各得五十馀解[7]。

双桨莼波[8],一蓑松雨,暮愁渐满空阔。呼我盟鸥[9],翩翩欲下,背人还过木末[10]。那回归去,荡云雪、孤舟夜发。伤心重见,依约眉山[11],黛痕低压。　　采香径里春寒[12],老子婆娑,自歌谁答。垂虹西望,飘然引去[13],此兴平生难遇。酒醒波远,政凝想、明珰素袜[14]。如今安在,唯有栏杆,伴人一霎。

【注释】

1　绍熙辛亥：宋光宗绍熙二年（1191）。

2　石湖：范成大自号石湖居士。

3　垂虹：《吴郡图经续志》："吴江利往桥，庆历八年，县尉王廷坚所建也。东西千馀尺，用木万计，萦以修阑，甃以净甓。前临具区（太湖），横截松陵。河光海气，荡漾一色。乃三吴之绝景也。……桥有亭曰垂虹。苏子美尝有诗云：'长桥跨空古未有，大亭压浪势亦豪。'非虚语也。"

4　尝赋诗：下引诗为《除夜自石湖归苕溪十首》之第七首。《雪中六解》之四："曾泛扁舟访石湖，恍然坐我范宽图。天寒远挂一行雁，三十六峰生玉壶。"亦指此次行程。

5　笠泽：《名胜志》："太湖'禹贡谓之震泽，周礼谓之具区，左传谓之笠泽，其实一也。'"《吴郡图经续志》记："'松江一名笠泽'，自太湖分流也。"后人一般用作吴江县或吴淞江的别称。

6　俞商卿：俞灏字商卿，详见《角招》（为春瘦）注2。张平甫：张鉴字平甫，张俊之孙，张镃（功父）之弟，详见《莺声绕红楼》（十亩梅花作雪飞）注1。铦（xiān先）朴翁：葛天民字无怀，初为僧，名义铦，字朴翁。山阴人，居西湖。封禺：即封山禺山的合称，详见《鹧鸪天》（曾共君侯历聘来）注6。梁溪：水名。今江苏无锡治西门外，源出惠山，经无锡城北黄埠墩接运河，自黄埠墩南分两支入太湖。相传南朝梁曾加修浚，故名。一说，东汉梁鸿居此而名。后遂无锡县治为梁溪。

7　解：首。

8　莼波：莼菜漂浮的水波。莼，莼菜，一种水生植物，生长于江浙湖泊中，可作药，可食用。

9　盟鸥：曾经与之订盟的鸥鸟。古人以与鸥鸟订盟，同住水云乡中比喻退隐。〔宋〕张炎《蝶恋花》："社燕盟鸥诗酒共。未足游情，刚把斜阳送。"

10　木末：树梢。〔战国〕屈原《九歌·湘君》："采薜荔兮水中，搴芙蓉兮木末。"

11　依约：隐约。眉山：眼眉似的远山。〔唐〕薛涛《送郑资州》："雨暗眉山江水流，离人掩袂立高楼。"

12　采香径：小溪，苏州名胜，位于香山旁。《苏州府志》引范志："采香径在香山之旁，小溪也。吴王种香于香山，使美人泛舟于溪以采香。今自灵岩山望之，一水直如矢，故俗名箭泾。"

13　飘然引去：传说春秋时越国大夫范蠡协助勾践灭吴复国后，与西施乘小舟泛游五湖。（事见《吴越春秋》与《越绝书》）

14　政：正。明珰：以明珠为耳饰。〔三国魏〕曹植《洛神赋》："献江南之明珰。"素袜：洁白的素袜。

【解读】

序与词相比，总觉序写得简洁分明，词写得典实隐约,读过序后再读词,有时感到后者不如前者,甚至颇多重复。也许,正因为已经有了序文的正面描写,所以词中有关的描写便改用比拟象征手法,但这样一来,又免不了王国维评白石词时所说的"隔"。如此词之"眉山"、"黛痕"、"明珰"、"素袜",几为词家熟滥语言。然而,白石终究是性情中人,何况他意趣深处的那一派"清远"气象,无论如何是可以提升作品境界的。但看"呼我盟鸥"几句,与"垂虹西望"几句所造成的语意及意象两方面的对应,再形象不过地表现了作者高逸远引的精神追求,同时又真切地刻画了一个自由自在者的形象。"翩翩欲下,背人还过木末",所写飞鸥神态,充满生活情趣,并且依约传达出不为他者所拘的精神理念,而这里所形象表现的"欲下"、"还过"的神态意趣,无异于为"飘然引去"一语作生动注解。我想,白石性情的"清空",白石词境的"清空",每每需要在如此这般的地方去领会。

江梅引

丙辰之冬[1]，予留梁溪[2]，将诣淮而不得[3]，因梦思以述志。

人间离别易多时[4]。见梅枝，忽相思。几度小窗幽梦手同携。今夜梦中无觅处，漫徘徊，寒侵被，尚未知。　　湿红恨墨浅封题[5]，宝筝空，无雁飞[6]。俊游巷陌，算空有、古木斜晖。旧约扁舟，心事已成非。歌罢淮南春草赋[7]，又萋萋。漂零客、泪满衣。

【注释】

1　丙辰：宋宁宗庆元二年（1196）。

2　梁溪：张鉴有庄园在无锡，姜夔此时依张鉴在梁溪居住。详见《庆宫春》（双桨莼波）注6。

3　诣淮：到淮南去。合肥在淮河以南。诣，往。

4　多时：白石上次到合肥乃绍熙二年辛亥（1191），距今已五年。《送范仲讷往合肥》诗，其三曰："小帘灯火屡题诗，回首青山失后期。未老刘郎定重到，烦君说与故人知。"可与本词相互参照。

5　湿红：一说，红泪。《丽情集》载蜀妓灼灼以软绡聚红泪寄裴质。一说，泪水湿透红笺。[宋]晏几道《思远人》："泪弹不尽当窗低，就砚旋研墨。渐写到别来，此情深处，红笺为无色。"恨墨：表达远愁别恨的书信。

6　无雁飞：指无人弹奏，雁柱不动也。雁，古筝上调弦的短柱。[唐]李商隐诗《昨日》云："二八月轮蟾影破，十三弦柱雁行斜。"本篇提到淮南，可能为怀念合肥人作。白石有词作《琵琶仙》云："有人似旧曲桃根桃叶"，又有《解连环》云："为大乔能拨春风，小乔妙移筝，雁啼秋水。"可能所恋乃两姐妹，一人善筝。

7　淮南春草赋：[汉]淮南小山《招隐士》："王孙游兮不归，春草生兮萋萋。"白石五年前离合肥时曾作《点绛唇》（金谷人归）："淮南好，甚时重到？陌上生春草。"

【解读】

白石为词，常特意以梅花为描摹之物，除《暗香》、《疏影》、《小重山令》（人绕湘皋月坠时）等专咏梅花之作，《一萼红》（古城阴）、《探春慢》（衰草愁烟）、《浣溪沙》（春点疏梅雨后枝）、《莺声绕红楼》（十亩梅花作雪飞）、《鹧鸪天·忆昨天街预赏时》等篇也都在词句中提及梅花。宋宁宗庆元二年（1196），白石于无锡梁溪张鉴庄园小住，正值园中腊梅竞放，一片"花里春风未觉时，美人呵蕊缀横枝"（姜夔《浣溪沙》)的美景，眼前之景，便不可抑制地勾起了白石睹物思人的情绪。

"人间离别易多时"，与白石以往的切入法不容，这里用一句富于哲理的句子开篇，颇有几分宋诗的味道。"易多时"，应该是指容易感到时间的漫长。"见梅枝，忽相思"两句化用［唐］卢仝《乐府杂曲·鼓吹曲辞·有所思》"相思一夜梅花发，忽到窗前疑是君"诗意，细想去，若不是相思时时处处心中埋藏，又怎会有此"忽然"？这一"忽"，其实已不是忽然想起，因为根本不曾忘记，好像"忽见陌头杨柳色，悔教夫婿觅封侯"（王昌龄《闺怨》）的幽思，无一不是朝夕思念的结果。"几度小窗，幽梦手同携"，写昔日梦境，花前月下，携手同心，且既为"几度"亦可证前句之"忽"并非突发奇想，实在是未尝一日忘却！下面几句，与其说是写梦，不若说是写醒。"今夜梦中无觅处，漫徘徊"所写状态明明是思之不得，辗转反侧，至于"寒侵被、尚未知"，是因为情深而近痴的缘故。

"湿红恨墨浅封题"用晏几道词"泪弹不尽临窗滴，就砚旋研墨。渐写到别来，此情深处，红笺为无色"（《思远人》）意趣，此处从女子角度续写思念，想红笺一方，和泪写就，满纸离愁别恨，哪一个情郎会无动于衷呢？然如此"湿红恨墨"却是欲寄无处，音信难通，女子之恨，男子之悔，益发浓烈起来。"宝筝空、无雁飞"，遥想当年"纤指十三弦，细将幽恨传。当筵秋水慢，玉柱斜飞雁"（晏几道《菩萨蛮》），到如今，人面不知何处去，无人弹奏，尘掩玉筝弦柱。为何无人弹奏？只怕是，知音少，弦断无人听罢。白石《浣溪沙》（著酒行行满袂风）词曾有

"恨入四弦人欲老"之句，怨愤能以四弦寄之，尚不失为一种寄托，等到心灰意懒，无心再付瑶琴时，又将如何？"俊游巷陌"四句，以旧景怀旧情，追忆曾经结伴游赏之地，以纪念当时美好的幸福时光。而今却是物是人非，空有古木斜阳。古木之"古"衬托出时间久远，岁月悠长。馀晖与空巷对照，更添几分惨淡，夕阳西下，断肠人在天涯。"旧约扁舟"句，提起旧约虽在，却是人各一处，今非昔比，泛舟同游的心愿恐怕无法实现了。［唐］魏承班曾作《生查子》词曰："离别又经年，独对芳菲景"，白石又何尝不是如此孤独地对着人间芳菲景致，暗生幽思呢？

"歌罢"两句，从《楚辞》淮南小山赋春草之句"王孙游兮不归，春草生兮萋萋"引入，又可联系到白石若干年前离开合肥时，曾做《点绛唇》一首："金谷人归，绿杨低扫吹笙道。数声啼鸟，也学相思调。月落潮生，掇送刘郎老。淮南好，甚时重到？陌上生春草"，两处春草合为一端，暗示眼下寒冬将尽，春草渐生，转眼又是一年芳草绿，只是游人归去无定期，词作到此，怎禁得不潸然泪下？只得如"江州司马青衫湿"般，一拭眼角泪痕，慨叹一句：漂零客、泪满衣……

鬲溪梅令

丙辰冬[1]，自无锡归，作此寓意。

好花不与殢香人[2]，浪粼粼。又恐春风归去绿成荫[3]，玉钿何处寻[4]。　木兰双桨梦中云[5]，小横陈[6]。漫向孤山山下觅盈盈[7]，翠禽啼一春[8]。

【注释】

1　丙辰：宋宁宗庆元二年（1196）。

2　好花：指梅花。殢（tì 替）香人：为花香所陶醉之人。殢，滞留，困扰，纠缠。

3　绿成荫：杜牧《叹花》诗："自恨寻芳到已迟，往年曾见未开时。如今风摆花狼藉，绿叶成阴子满枝。"此处化杜牧诗意，担心错过花开之期。

4　玉钿：女子精美的首饰。此处一语双关，暗指人与花。钿，用金片做成的花朵形的装饰品。白居易《琵琶行》："钿头云篦击节碎，血色罗裙翻酒污。"

5　木兰双桨：华美的双桨。

6　小横陈：［宋］陈亮《念奴娇》："一水横陈，连岗三面，做出争雄势。"

7　孤山：杭州西湖孤山，宋人游览胜地，多种梅花。盈盈：形容佳丽容貌姣好，姿态优美，如《古诗十九首》

有曰:"盈盈楼上女,皎皎当窗牖。"此处以美女代指梅花之容姿。

8 翠禽:《龙城录》载翠鸟化童子的传说,详见白石《疏影》词注2。

【解读】

这是一首托物喻意的小词。

"㸃香人",必然多是痴情人,也惟有世间痴情人,才每每生出"多情却被无情恼"的痛苦。不过,这里的"无情"者,究竟是谁呢?是"花"自己吗?还是"春风"?似乎都可以。关键在于作者的"寓意",他是借此传达出了一种总感觉事与愿违的人生苦恼。仿佛"花"也成心与自己作对似的,更不用说"春风"的脚步了。

上阕就"花"抒写,下阕给人的感觉却是在写人。本来,上阕"玉钿"意象已经有这方面的暗示,何况下阕还有"盈盈"、"双桨"这样的字眼。只不过,既然"好花不与㸃香人",那千般思念、万般向往者,又有什么用呢?也因此,才有了"梦中云"的意象。说人间情爱如梦也罢,说人生如梦也罢,总之都归虚无。但痴情人永远是痴情人,所以要"漫向孤山山下觅盈盈"。找到了吗?怎么可能!"翠禽啼一春",在"春风归去绿成荫"的日子里,总有娇小的身影和娇嫩的声音在那里低吟,莫非是自己的一腔幽独?或者是自己心目中的"花"的神灵?

短短几句,却含着这样丰富的意蕴。

浣溪沙

丙辰腊[1],与俞商卿、铦朴翁同寓新安溪庄舍[2],得腊花韵甚[3],赋二首。

花里春风未觉时,美人呵蕊缀横枝;隔帘飞过蜜蜂儿。　书寄岭头封不到[4],影浮杯面误人吹。寂寥惟有夜寒知。

【注释】

1　丙辰:宋宁宗庆元二年(1196)。腊:腊月。

2　俞商卿:俞灏字商卿。详见《角招》(为春瘦)注2。铦朴翁。详见《庆宫春》(双桨莼波)注6。新安:镇名,在江苏无锡东南三十里。溪庄舍:张平甫的庄园。张镃《南湖集》有《题平甫弟梁溪庄园》诗。

3　腊花:腊梅花。韵甚:饶有韵致。

4　书寄岭头:《太平御览》卷九七〇引盛弘之《荆州记》:"陆凯与范晔相善,自江南寄梅花一枝诣长安与晔,并赠诗曰:'折花逢驿使,寄与陇头人。江南无所有,聊赠一枝春。'"岭头,指大庾岭,岭上多种植梅花。

【解读】

这是一首咏梅词,虽然短小,却很有生趣。白石先把梅花想象成美人呵出的嫩蕊,让人先怜惜花蕊之娇嫩柔弱,再想及美人气韵之幽雅,吹气如兰,直引得"隔帘飞过蜜蜂儿",一段"蜜蜂儿"的小插曲令画面平添几分灵动,也更衬得美人如花,花似美人。

下阕寄托了白石爱花惜花之情愫,"影浮杯面"一句构思巧妙。自林逋"疏影横斜"一句之后,梅花倒影意象便被无数词人反复抒写,不厌其烦,白石也有"斜横花树小,浸愁漪"一类的句子写梅影(《小重山令》),但此处写有人将杯中梅影误以为堕物,欲吹去,意象奇绝,极富想象力。试想,倘真的梅落杯中,花瓣轻漂,该是如何一幅美景。"误人吹"写梅影之真实鲜活,虽为倒影,却满是生机。想来发生错觉的人终于发现自己的失误时,必得心甘情愿地会心一笑,这本身,不也是一件赏心乐事吗!"寂寥惟有夜寒知"又造荒寒之境,寄托了白石一片怜香惜玉之情,想到这美丽的花朵在寒夜之中该是何等寂寞,何等清冷,无人体恤。

全词物我为一,亦真亦幻,精巧别致,行文间有小令般的俏皮,又不离白石一贯特有的"清空"意味。

浣溪沙

丙辰岁不尽五日[1],吴松作。

雁怯重云不肯啼,画船愁过石塘西[2],打头风浪恶禁持[3]。　春浦渐生迎棹绿,小梅应长亚门枝[4];一年灯火要人归[5]。

【注释】

1　丙辰:宋宁宗庆元二年(1196)。岁不尽五日:距本年终结还差五天,即除夕前五日。

2　石塘:在苏州小长桥附近。陈疏引《一统志》:"苏州府小长桥。"《方舆览胜》:"小长桥在石塘,垒石为之。"

3　打头风浪:顶风浪,逆风。[唐]白居易《小舫》诗:"黄柳影笼随棹月,白蘋香起打头风。"恶:猛,厉害。禁持:宋人口语,摆布。禁(jīn今),摆布。[宋]辛弃疾《鹧鸪天》:"一夜清霜变鬓丝,怕愁刚把酒禁持。"

4　亚:旁,靠。[宋]柳永《二郎神》词:"抬粉面,云鬟相亚。"

5　一年灯火:[宋]陈元靓《岁时广记》:"景龙楼先赏,自十二月十五日便放灯,直至上元,谓之'预赏'。"

【解读】

小词一首，读后最强烈的感觉，仿佛白石的快乐几乎要从胸中涌出。几曾见白石如此？

宋宁宗庆元二年丙辰（1196），姜夔"移家行都（今浙江杭州）依张鉴，居近冬青门"（陈思《白石道人年谱》）。在这一年的除夕前夕，白石踏上了归家的航船，由无锡返往杭州。那一天，距离丙辰的年夜只有五天了。行行重行行，扁舟一路过了苏州，到了吴松。吴松（今江苏吴江）原是白石所仰慕的晚唐诗人陆龟蒙归隐之处，白石也曾专门到此凭吊，然今日作词却意不在此。"丙辰岁不尽五日，吴松作"白石在小序里不动声色地写下了这几个字，看似平淡无奇，无非简述一时一地而已，实则其一怀舒心全数暗喻其中："不尽五日"悄言佳节日近，"吴松作"预示去家不远。常言道"独在异乡为异客，每逢佳节倍思亲"，白石平生浪迹四方，清客生涯，能使其忘却其余，一心惦念的，除返乡思亲外，还有何物？

"雁怯重云不肯啼"，借雁写人，意归"近乡情怯"。"画船愁过石塘西"，对象由雁及人，言"画船愁过"，实乃自己愁深。石塘，苏州府小长桥，船过石塘，渐近馀杭，一襟相思，一船清愁。"春浦渐生迎棹绿"，下阕仍是写水，却不再是"打头风浪恶禁持"，而是无边光景一时新。按说除夕未到，尚属冬日，白石眼中已是春水涨绿，浮叶渐生。江南春日一向比北方来得悄然，此时固然时近新春，只怕这春意还是更多生自白石心中。绿露春色，一派生机，一幅着色丹青尽收读者眼底：背景以浅绿与淡墨渲染，顺水一叶扁舟，船头一人襟袂飘飘。对但凡读过王绩《在京思故园居答客人问》的人来说，到"小梅应长亚门枝"一句便感到非常亲切，一种久别归来时的深深想念，一种殷切期盼式的美好想象，正是任何人心中都有而惟有诗人替他道出的秘密。"一年灯火要人归"，最后以温情结语收笔。除夕守岁，彻夜灯火长明，仿佛默默等待离人的归来。言灯火要人归，实则除夜返乡之旧俗要人归；言礼俗要人归，实则一家亲眷盼人归；亲眷盼归，又哪禁得词人归心如箭，思亲更急？下阕两句，一问一结，温情顿现，乃是全词最具温馨情味的句子。家对游子的意义，绝不仅在一片院落、几间老宅，最要紧的是亲人之间的相互牵挂，所以，人生在外，最是想家。

鹧鸪天

丁巳元日[1]

柏绿椒红事事新[2],隔篱灯影贺年人。三茅钟动西窗晓[3],诗鬓无端又一春[4]。　慵对客,缓开门,梅花闲伴老来身。娇儿学作人间字,郁垒神荼写未真[5]。

【注释】

1　丁巳元日:宋宁宗庆元三年(1197)正月初一。

2　柏绿:碧绿的柏酒,古代风俗,元旦时喝以柏叶浸的酒,以祈求福寿。[西晋]周处《风土记》载:"元旦进柏叶酒。"[唐]杜甫《元日示宗亲》:"飘零还柏酒,衰病只藜床。"椒红:一说,红色的椒盘。[宋]罗愿《尔雅翼》云:"正月一日,以盘进椒,号椒盘。"一说,用椒实泡酒,色发红。《初学记》四"四月民令"载:正月朔日,"子妇曾孙,各上椒酒于家长,称觞举寿,欣欣如也"。[宋]陈造《闻诗文过钱塘》:"椒酒须分岁,江梅巧借春。"[南朝梁]宗懔《荆楚岁时记》:正月初一"长幼悉正衣冠,以次拜贺,进椒、柏酒,饮桃汤"。

3　三茅钟:《咸淳临安志》载:"宁寿观在七宝山,本三茅堂。绍兴中赐古器玩三种……其二唐钟,本唐澄清观旧物……禁中每听钟声以为寝兴事息之节。"[宋]陆游《渭南文集》卷十六:"有行在宁寿观碑。"另有《纵笔》诗曰:"三茅钟残窗欲明。"《天竺晓行》诗:"三茆听彻五更钟。"本词泛指寺观的钟声。

4　诗鬓无端又一春:指诗人自称又长了一岁。

5　郁垒(lù 律)神荼:传说中的两个门神。[东汉]王充《论衡·订鬼》引《山海经》言:沧海中有度朔山,"上有二神人,一曰神荼,一曰郁垒,主阅领万鬼,恶害之鬼,执以苇索而以食虎。于是黄帝乃作礼以时驱之,立大桃人,门户画神荼郁垒与虎,悬苇索以御凶魅。"应劭《风俗通义》载:"神荼、郁垒为两兄弟,掌伺察诸鬼。"《风俗通》载:"二神为兄弟,专门负责监察鬼,凡有为非作恶者,即投以饲虎。"

【解读】

1197年白石已是年逾五十岁的老人。即便是少壮之人,浪迹久了,归家时也会怀揣上一份难解的疲惫,更何况知天命的老人。白石一生清客生涯,漂泊江湖,常人本应阖家团聚的日子也屡屡浪迹在外,看透了人间种种世态炎凉,终于可以在家庭的怀抱里舒心地安享生活的乐趣,含蓄如白石,也无法按捺住一腔的欢喜。

"柏绿椒红事事新",柏叶酒、红椒盘,绿是新绿,红是嫣红,多少朝气,多少欢庆?随此喜色,万象亦仿佛焕发出了新的光彩。竹帘外面,灯火闪烁,人们已经开始互相庆贺新年。室外之闹，写出了佳节之乐，也衬出了室内之静，闹中取静，别有一番雅趣。更有种在外漂泊久了，终得一份宁静的遐想。当寺观的钟声敲响的时候，天就开始亮了。元日之夜，静听远处钟声飘散，平添几分安详。长夜未眠，蓦然闻得钟声，更难禁思绪万千，慨叹飘萧双鬓，无端地又进入了一个春天。佳节本是亲朋相互走访问候的日子，白石却懒于应酬，赋闲居家。即使听见有客来访，也总是迟迟才去开门。"梅花闲伴老来身"，一个"老"字道出几重原委：慵懒应客虽是性情使然，也是老来之态；再者，年岁渐高，动作难免有些迟缓，"缓开门"一句，言语平实，意味却悠远。只乐意与梅花作伴的白石，以垂老之身，求悠闲之态，深居简出，只与家人为伴。他那娇纵的小儿趴在桌上学写字，可是连门神都尚且写不清呢！行文至此，无限妙趣顿生，令人回味无穷。

宋人张伯寿有《临江仙》词写元日："爆竹声残天未晓，金炉细爇沉烟。儿孙戏彩映芳鲜。共倾元日酒，同祝大椿年。　我愿儿孙如我寿，高低富贵随缘。不须厚禄与多田。诗书为世业，清白是家传。"——同样写元日热闹，儿孙之嬉戏，美好之心愿，清白之志向，般般件件，无不美好，然行文过于直白，便觉无甚趣味。反观白石之作，虽然含有同样的心境内涵，但语意含蓄，特别是最后一句，笔锋一转，洒出一席诙谐情味，幼儿稚拙之态，令人读之忍俊不禁，而瞬刻间恍然悟到：天伦之乐，其乐融融。

鹧鸪天

正月十一日观灯[1]

巷陌风光纵赏时[2]，笼纱未出马先嘶[3]。白头居士无呵殿[4]，只有乘肩小女随[5]。　　花满市，月侵衣，少年情事老来悲。沙河塘上春寒浅[6]，看了游人缓缓归。

【注释】

1　正月十一日观灯：正月十五日元宵节，有放灯习俗。在此之前则开始陆续试灯。陈元靓《岁时广记》："景龙楼先赏，自十二月十五日便放灯，直至上元，谓之'预赏'。"周密《武林旧事》："禁中自去岁九月赏菊灯之后，迤逦试灯，谓之'预赏'。"本词写正月十一日在杭州观灯，并引发回忆的情景。

2　纵赏：纵情观赏。孟元老《东京梦华录》卷六《正月》："向晚，贵家妇女纵赏关赌。"

3　"笼纱"句：意谓花灯尚未挂出，富家子弟便准备好骑马出门了。笼纱，蒙纱罩的灯笼，也作纱笼。吴自牧《梦粱录》："元宵：公子王孙、五陵年少，更以纱笼喝道，将带佳人美女，遍地游赏。"

4　白头居士：旧指不做官的有道艺之士。此处乃作者戏谑自嘲之辞。呵殿：前呼后拥。呵，呼喝开路。殿，跟随殿后。

5 乘肩小女：驮在肩上的女儿。[宋]周密《武林旧事·元夕》所记"乘肩小女"为一种庆贺游乐的舞蹈游行形式："都城自旧岁孟冬驾回，已有乘肩小女、鼓吹舞绾者数十队，以供贵邸豪家幕次之玩。"[宋]吴文英《梦窗甲稿·玉楼春·元夕》："乘肩争看小腰身。"夏承焘《姜白石词编年笺校》认为，白石词用此，意指惟有小女儿在肩头相随为伴。与《武林旧事》所云字面偶相同而已。

6 沙河塘：池塘名，在杭州城偏南，唐懿宗咸通年间杭州刺史崔彦曾开凿。《新唐书·地理志》："钱塘（杭州）南五里，有沙河塘，咸通二年刺史崔彦曾开。"到宋时，此地居民甚盛，是杭州最繁华的地区之一。苏轼《望海楼晚景》五绝之五："沙河灯火照山红，歌鼓喧呼笑语中。争问少年心在否？角巾敧侧鬓如蓬。"可证。

【解读】

古时元宵灯节，乃一年盛事所在。南宋时，民间风物发展尤其显著，临安自年前十五、六日即开始放灯，一直持续到上元（正月十五），当时称为"预赏"。周密《武林旧事》有记："禁中自去岁九月赏菊灯之后，迤逦试灯，谓之'预赏'。一入新正，灯火日盛。"本词作于正月十一，虽仍属"预赏"期，然距离最盛的十五已经很近，欢庆的气氛也随着绵延的时间益发地浓烈起来。

"巷陌风光纵赏时，笼纱未出马先嘶。"艺术创作中有一常用方式：未见其人先闻其声，其实艺术境界之高妙并不在有声无声，而在于以声传情，带出声音主体的气势。"笼纱未出马先嘶"，仅七字，从侧面绘出了王孙少年、贵族公子外出观灯的华贵气派。游人正于巷陌纵情观赏灯节风光，已闻富家骏马嘶鸣。"笼纱未出"，形容距离尚远，"马先嘶"，足见大富之门排场奢华、声色鼎沸，况周颐《蕙风词话》卷二有言："七字写出华贵气象，却淡隽不涉俗。"自来词家描写宏大场面壮阔者易，华贵而不俗，淡隽而有味者难，此种词境，可谓化高贵为高雅，其绝妙之处全在侧面入笔，给读者留出了充分的想象空间，也即所谓"留白天地宽"。

"白头"二句，笔锋一转，以富豪门第之排场衬自身寂寥之落漠，想自己一生清客生涯，无所依托，凭靠亲友协助生活，如此情境，越是世人欢庆之日，越是自身忧郁之时。古代文人大多常爱以老自居，苏轼有词"老夫聊发少年狂"，白石自称"白头居士"，"白头居士无呵殿，只有乘肩小女随"，正与"笼纱未出马先嘶"的整体氛围形成对照，贵家公子出游，前呼后拥，词人观灯，惟有小儿女乘肩。

黄庭坚《山谷内集》卷六《陈留市隐》诗序云："陈留市上有刀镊工……惟一女年七岁，日以刀镊所得钱与女醉饱，醉则簪花吹长笛，肩女而归。"诗有"乘肩娇小女"之句。白石此处"只有乘肩小女随"，意味朴素，与黄诗典故风味相近，并一"随"字，看似无意，实则暗与"呵殿"相对应，抒写自甘清贫淡泊的乐趣，虽无奢华声势、万种风光，却有自由逍遥，安闲随性。

"花满市，月侵衣，少年情事老来悲"，花市繁华，灯月灿烂。欧阳修写元夜，曾有"花市灯如昼"之词，辛弃疾写元夜，曾有"东风夜放花千树"之句，与白石"花满市"三字对照，无不令人对灯市盛景浮想联翩。然古时文人对景感伤，多抒发一腔幽独情怀，欧阳修以"泪湿春衫袖"作结，辛弃疾以"蓦然回首，那人却在，灯火阑珊处"收尾，都点出月圆人不圆、意中之人独遥远的遗憾。白石以"少年情事老来悲"点醒词意，其伤感处与永叔、稼轩暗通。正月十五乃古代情侣相会之期，"少年情事"四字深意良多。如果说，"不见去年人，泪湿春衫袖"乃为青年恋情的写照，"少年情事老来悲"则是对半世情缘的惋惜与追忆。白石三日后有同调词作《鹧鸪天》，"人间别久不成悲"，与此遥遥相对，情感同源。

"沙河塘上春寒浅，看了游人缓缓归。"观灯作罢，兴尽而归，前文"笼纱未出马先嘶"的喧闹一时间归趋于清静，盛极而淡，正合古典审美趣味，留下一抹淡淡的馀味，萦绕读者心头，百味交杂，令人挥之不去。

鹧鸪天

元夕不出

忆昨天街预赏时[1],柳悭梅小未教知[2]。而今正是欢游夕,却怕春寒自掩扉。　　帘寂寂,月低低,旧情惟有绛都词[3]。芙蓉影暗三更后[4],卧听邻娃笑语归。

【注释】

1　天街:指京都临安(今浙江杭州)的街道。预赏:北宋汴都旧俗,自腊月十五日开始,至正月十五日元宵节前进行试灯,称为"预赏"。详见上首注1。

2　柳悭(qiān 千)梅小:柳树嫩芽初萌,梅花初绽。

3　绛都词:《绛都春》为词调名,《词律》、《词谱》均有载录。北宋丁仙现有《绛都春·上元》词一首,歌咏汴京灯节的盛况。

4　芙蓉:荷花,此指花灯。[宋]陆游《剑南诗稿·灯夕有感》:"芙蕖红绿亦参差。"

【解读】

"忆昨天街预赏时",开篇以"忆"提醒,紧接前首《鹧鸪天》(正月十一日观灯)。然既为观灯,所忆内容却绝口未提灯会，"柳悭梅小"，只写柳萌梅绽，笔锋转处，一幅单薄春色。忆观灯而不言灯，正是由于伤心人别有怀抱。"忆昨"旨在"比今"，时值元夕正日，满城沉浸欢游之夕，词人却没有观灯的兴致，柴门独掩，深居不出。自言"却怕春寒"，承前文"柳悭梅小"的伏笔，为独处之举作一看似确切、思之又勉强的注解。

所谓"思之勉强"，只因转念不免有一个疑问：春寒料峭一时气象，何以前日尚且不畏，而今却惧而不出？再向深处揣度，说是"却怕春寒"，实则"却怕心寒"而已。十五元夕，月圆人圆方为欢游，他人欣然畅游，己处形单影只，两厢对照，越逢佳节，越难耐心头惆怅落寞。一个"怕"字，道出内心深藏的脆弱，"掩扉"之举使得初春景色益发寒气逼人，掩而不住，透骨袭来。

夜深月低，只有向一阕旧词中寻找昔日欢景。三更后，灯阑人散，芙蓉影暗。"影暗"两字平凡中含传神意象。想白石掩门深居，与外界惟窗相隔，对外物所知所感，皆自纸窗透出，"影"字读来令人随即想见灯影、树影、人影……映于窗纸之上的斑驳疏淡，"暗"字再添一份影影绰绰的朦胧意境，景致含蓄，笔触天然。

结尾以"卧听邻娃笑语归"收束，颇有易安居士"不如向、帘儿底下，听人笑语"的凄凉意味，但具体情致却各自不同。易安居士以对元宵盛景既怀恋又回避的矛盾心境，只能于隔帘笑语声中聊温旧梦，其"听人笑语"乃主动为之，有心听之，而白石"听邻娃笑语"，却是无意听之,被动所闻。月夜独卧孤衾,辗转未眠,笑语于不经意间飘忽而至,直入耳际,他人欢笑归来,此间清冷寂寞,在此元夕之夜,愈添些许凄凉。前《鹧鸪天》词有曰"少年情事老来悲",此处之"邻娃",从年龄推断,必应恰逢少年,白石自诩年华老去,两厢对照,一窗之隔,外间那个世界与自己距离虽近,却已属遥遥两端,人世沧桑,立时凸现,令人感慨良多。

鹧鸪天

元夕有所梦[1]

肥水东流无尽期[2],当初不合种相思[3]。梦中未比丹青见[4],暗里忽惊山鸟啼。　春未绿[5],鬓先丝,人间别久不成悲。谁教岁岁红莲夜[6],两处沉吟各自知。

【注释】

1 有所梦:[宋]陈思《白石道人年谱》:"案所梦即《淡黄柳》之小桥宅中人也。"

2 肥水:源出安徽合肥西南紫蓬山,东流经合肥入巢湖,西流经寿县入淮,此处指东流的一支。

3 不合:不该。种相思:种下相思之情。相思,树名。[晋]左思《吴都赋》:"楠榴之木,相思之树。"

4 丹青:绘画用的颜料,此处泛指画像。

5 春未绿:本词作于正月,这时气候很冷,草未发芽,所以说春未绿。

6 红莲:指灯,与前首"芙蓉"同义。[清]郑文焯《郑校白石道人歌曲》:"红莲谓灯,此可与《丁未元日金陵江上感梦》之作参看。"[宋]欧阳修《元夕》:"纤手染香罗,剪红莲满城开遍。"　[宋]周邦彦《解语花元宵》："露浥红莲，灯市花相射。"

【解读】

公元1187年（淳熙十四年）的元日，白石自汉阳赴湖州，途中抵达金陵，夜有所梦，曾作《踏莎行》（燕燕轻盈）以怀合肥女子。1197年（宋宁宗庆元三年）的元夕之夜，白石再次记梦，这一年，距淳熙十四年恰好十年，距白石与合肥女子初遇时已经二十馀年了。

"肥水东流无尽期"，起句比兴，以"肥水"兴起，含义弥深。一则点明所思之地，对白石来说，合肥大抵有点刻骨铭心的味道。二则自然景观与情感体味相融合，流水东去，遥遥无期，既好似白驹过隙，岁月悠悠，又好似韶光易逝，离恨悠长。唐人戴叔伦尝有诗云："沅湘日夜东流去，不为愁人住少时"（《湘南即事》），女诗人鱼玄机也说："忆君心似西江水，日夜东流无歇时"（《江陵愁望寄子安》），都可与白石词句比观。"当初不合种相思"，一个"种"字炼得精当，温庭筠曾有诗曰："怨魄未归芳草死，江头学种相思子"，白石继承其意而再加深化，"不合"即"不该"之意，看似悔，实则恨，不恨当初一段情缘，却恨深沉相思之误，分别愁闷之苦。伊人远去，天各一方，自此饱受思恋煎熬，岁月几十载，却是此心依旧。

"梦中未比丹青见，暗里忽惊山鸟啼"，直入题序梦境，今夜伊人入梦，比及当初的"燕燕轻盈，莺莺娇软"，此时却是梦中倩影模糊难辨。或许当初分别之时，佳人曾赠画像与词人,如今岁月流逝,容颜易改,佳人形貌却永远定格在分别的一刻,梦中再见倒不如日常翻检玩赏丹青时的姿容清晰,眉目传情。正值恍惚迷离之际,突闻山鸟啼鸣,蓦然惊觉,仿佛老天爷偏要与人作对。

"春未绿,鬓先丝",新春是崭新的时节,绿是生命的色彩,春与绿皆是青春的象征,此间白石却是白发衰鬓与"春"、"绿"对照,尽管自然景致还在按规律轮换交替,人已青春不再,垂垂老矣,读来颇感凄凉。但白石又出人意料,"人间别久不成悲",这一句白石人过中年后才积淀而得的人生感悟,比白居易"白头岁暮苦相思,除却悲吟无可为"(《暮寄微之三首》)的诗句,增加了不可替代的独特张力,沉浸着浓厚而难以言说的人生体味。

"谁教岁岁红莲夜,两处沉吟各自知",结尾两句再点"元夕","红莲"两字既点明灯节因由,又铺展开一幅灯夜的繁盛,"纤手染香罗,剪红莲满城开遍"(欧阳修《元夕》)。"柳塘花院,万朵红莲,一宵开了"(张镃《南湖诗馀·烛影摇红》)。如此盛景,何其眩目,何其斑斓!灯节是中国古代青年男女结交定情之良宵,"去年元夜时,花市灯如昼,月上柳梢头,人约黄昏后"(欧阳修《生查子》),值此,白石缘何元夕记梦,才令人恍然大悟,当满城人物沉湎在喜气之中时,触景生情,思念之情尤难排遣。

沈祖棻先生评价白石此词曰:"一念之来,九死不悔,惟两心各自知之,故一息尚存,终相印也。"

唐圭璋《唐宋词简释》亦有精彩评价，特引作补充："此首元夕感梦之作。起句沉痛，谓水无尽期，犹恨无尽期。'当初'一句，因恨而悔，悔当初错种相思，致今日有此恨也。'梦中'两句，写缠绵颠倒之情，既经相思，遂不能忘，以致入梦，而梦中隐约模糊，又不如丹青所见之真。'暗里'一句，谓即此隐约模糊之梦，亦不能久做，偏被山鸟惊醒。换头，伤羁旅之久。'别久不成悲'一语，尤道出人在天涯况味。'谁教'两句，点明元夕，兼写两面，以峭劲之笔，写缱绻之深情，一种无可奈何之苦，令读者难以为情。"

月下笛

与客携壶，梅花过了[1]，夜来风雨。幽禽自语。啄香心，度墙去。春衣都是柔荑翦[2]，尚沾惹、残茸半缕[3]。怅玉钿似扫[4]，朱门深闭，再见无路[5]。　　凝伫，曾游处。但系马垂杨，认郎鹦鹉[6]。扬州梦觉[7]，彩云飞过何许[8]？多情须倩梁间燕，问吟袖、弓腰在否[9]？怎知道，误了人、年少自恁虚度[10]。

【注释】

1　梅花过了：指梅花被风雨打落在地上。

2　柔荑：细白柔嫩的初生茅草，形容女子滑嫩白皙的纤纤玉手。《诗经·卫风·硕人》："手如柔荑，肤如凝脂。"荑（tí题），茅草的嫩芽。

3　残茸半缕：意谓女子为他缝制的春衣上还残留着一缕丝茸。残茸，缝衣刺绣等针线活计用过的线头。

4　玉钿：古代女子的首饰，此处形容吹落的梅花像钗钿一样。

5　"朱门"二句：化用崔郊《赠去婢》诗："侯门一入深似海，从此萧郎是路人。"

6　认郎鹦鹉：只有架上的鹦鹉还认得我。刘禹锡《咏鹦鹉》："频学唤人缘性慧，偏能识主为情通。"

7　扬州梦觉：化杜牧《遣怀》诗："十年一觉扬州梦，赢得青楼薄幸名。"此处回忆、怀念当年与妓女们交往的生活。

8　彩云：比喻美好事物或薄命佳人。[唐]李白《宫中行乐词》："只愁歌舞散，化作彩云飞。"[宋]晏几道《临江仙》："当时明月在，曾照彩云归。"

9　吟袖：诗人的衣袖，此处是作者自指。弓腰：形容女子纤细柔媚的腰肢，舞蹈时腰肢弯曲的姿态。[唐]段成式《酉阳杂俎》："有士人醉卧，见女人踏歌，曰：'舞袖弓腰浑忘却，蛾眉空带九秋霜。'"

10　恁：如此。

【解读】

有出关于陆游与唐琬故事的戏，开头第一句唱词就特别美，始终令我感怀："寻春不觉春已晚，携酒与我遣愁怀。"可惜早有白石词"与客携壶，梅花过了"，珠玉在前，且戏曲为词侧重通俗易懂，因此倘论意境凝练，还是白石胜出几筹。春游踏青，古来风雅，文人墨客皆喜春日与贴心知己携壶出游，浓情惬意，平素多少惆怅烦闷，都可在良友与酒的体恤中逐渐熨帖起来。杯盏渐顿，猛抬头却见已是仲春时令，春色将尽，满枝绿肥红瘦，用一"过"字，写梅花零落，恰如香菱眼中"大漠孤烟直"之"直"，看似无理却别有韵致，说梅花落便说"落"罢了，如何谈"过"？然细想去，却仿佛想见了花瓣被风雨打落后的景致似的,"夜来风雨声,花落知多少"？无意间竟已是落红满地,一片狼藉,过了花期。

白石笔下,不独深谷之兰可幽,原来禽亦可"幽",足见禽虽异类,同样孤单。又曰"自语",再添几分寂寞,似与词人心境冥冥相照。幽禽啄取花心,凌空而去,"度"字带出一箭飞速,瞬时消失于墙外。花落鸟惊喧,旧地重游时,此情此景益发勾起一腔怀人心事。"春衣都是柔荑剪"一句恰如白石所用"柔荑"二字一般出神,直美得绵软细滑,纸醉金迷。一幅春衣出自此纤纤玉手,或许还带着玉人关爱的体温,想去已足令人销魂,何况"尚沾惹、残茸半缕",这衣上一星半点的蛛丝马迹,仿佛接通了相隔两地的遥远时空,把当初的柔情蜜意一时间全数包揽其中,陶醉又思念,悉见白石心思的细密。怀想之深,于任何细微之处忆起当初两情相悦,缱绻缠绵,甜蜜中夹杂着些许复杂的苦涩。

"怅玉钿似扫",以玉钿喻花瓣,言之高洁。可惜红消香断,花魂飘零,随风卷扫,混入泥土,一片"零落成泥碾作尘"的情境。暗含白石一片怜香惜玉的护花之心,只怕是当年意中人纤纤弱质已遭摧残,"朱门深闭,再见无路",满腔思念转为无奈与愤恨,化用崔郊《赠去婢》"侯门一入深似海,从此萧郎是路人"诗意,写出一幢深宅隔绝两人于云天之外的无限情事。

下阕"凝伫"二字看似写状态,实则写心情。在物是人非之时重游旧地,或属无心,或似有意,管不住双脚似的来到曾经良辰美景的庭院，但见人去楼空。在美人门前呆呆且久久地凝望，往事如烟，却又历历在目。"系马垂杨，认郎鹦鹉"八字以清淡萧条之笔写现下孤寂心态，更反衬昔日的风流。"系马垂杨"写当年潇洒神色，俊逸风采；"认郎鹦鹉"写常来常往之熟稔。而今垂杨依旧，无马可系，只剩一片凄凉。《红楼梦》潇湘馆之鹦鹉于黛玉归天之后仍日日念诵着"林姑娘来了"，不知疲倦。无知生灵无心之语，有心人听之却是骤然升起无限辛酸，此处鹦鹉或许一如往常地在招呼来客，但对词人来说，却已事过境迁，人面不知何处去。

"扬州梦觉"直指杜牧《遣怀》诗"十年一觉扬州梦，赢得青楼薄幸名"，大梦已觉，彩云飞过，不知飘向何方，此句化晏几道《临江仙》句："当时明月在，曾照彩云归"，仿佛漫天彩云于转瞬间逝去，让曾经绚丽的天光云影都在一觉中消失了痕迹。从今后分隔两地，再见无路，只能请梁上呢喃的燕子互探消息了，句里句外颇有李商隐"蓬莱此去无多路，青鸟殷勤为探看"的意境。白石曾有诗曰："小红低唱我吹箫"，此地令白石记挂的人固非小红，却必是如小红一般善解人意的温婉女子。"问吟袖、弓腰在否？"所怀女子婀娜身姿在白石心中留下了难以磨灭的印记。白石一生精通音律，也只有灵犀一点的女子方能悟得曲律之妙韵，彼此应和和谐，息息相通。

"怎知道，误了人、年少自恁虚度"，究竟是青春女子误了白石，抑或是白石误了自己的青春，此时都难以判断。"多情却被无情恼"的失落,在故地重游、人去楼空的时分益发强烈起来。其实,当曾经沉浸美好生活之中的时候,又何尝会认为那是时光虚度呢?这里的感叹不过是美好的瞬间太短暂,以至于无法抓住之馀的落差罢了。全词多处以物写情,用语绵丽,造情真切,真挚感人。

喜迁莺慢 太簇宫

功父新第落成[1]

玉珂朱组[2]，又占了道人，林下真趣[3]。窗户新成，青红犹润，双燕为君胥宇[4]。秦淮贵人宅第[5]，向谁记六朝歌舞[6]。总付与，在柳桥花馆，玲珑深处。　　居士[7]，闲记取。高卧未成[8]，且种松千树[9]。觅句堂深，写经窗静[10]，他日任听风雨。列仙更教谁做，一院双成俦侣[11]。世间住，且休将鸡犬，云中飞去[12]。

【注释】

1　本词作于宋宁宗庆元六年（1200）。功父：张镃字功父，号约斋，张鉴的异母弟，著有《南湖集》。新第落成：张功父居住在杭州北城南湖，《齐东野语》称其"园池声妓服玩之丽甲天下"。淳熙十二年（1185）造玉照堂，绍熙五年甲寅（1194）建成。淳熙十四年（1187）开始建造桂隐，庆元六年建成，本词为祝桂隐落成。《浙江通志》载："白洋池一名南湖。宋时张镃功甫构园亭其上，号曰桂隐。后舍为广寿慧云寺，俗呼张家寺。"

2　玉珂：洁白如玉的贝制饰物，用以马络头上。晋张华《轻薄篇》："文轩树羽盖，乘马鸣玉环。"朱组：古代用来佩玉或佩印章的红色丝带，官员服饰。《礼记》："诸侯佩山玄玉而朱组绶。"玉珂朱组并称，代指显贵。

3　林下：指隐士，意谓桂隐有山林野趣。

4　胥宇：观看宅舍。胥，意为相，宇，居宅。《诗经·大雅·绵》："爰及姜女，聿来胥宇。"

5　秦淮：秦淮河，流经南京城，北入长江，古来即为繁华之地。

6　六朝：吴、东晋、宋、齐、梁、陈，相继建都于建康（今南京），史称六朝。

7　居士：张镃自号约斋居士，见《武林旧事》所附《张约斋赏心乐事》序。

8　高卧：隐居不仕，也作休闲。《晋书·陶潜传》："尝言夏月虚闲，高卧北窗之下，清风飒至，自谓羲皇上人。"

9　松千树：张镃桂隐北园有"苍寒堂"，种植青松二百株。《南湖集》卷五有《苍寒堂梦松》及《苍寒堂诗》。

10　写经窗静：据《武林旧事》记载，桂隐园中有"写经寮"、"在亦庵"。

11　双成：董双成，古代传说女仙名，西王母的侍女。《汉武帝内传》载，双成侍西王母，炼丹宅中，丹成得道，驾鹤飞升成仙。[唐]白居易《长恨歌》："金阙西厢叩玉扃，转叫小玉报双成。"此处指代功父家姬妾。俦侣：伴侣。

12　"且休将"二句：化用神仙故事。[汉]王充

《论衡·道虚》载：淮南王学道，招集天下有道之人会于淮南，"奇方异术莫不争出。王遂得道，举家升天，畜产皆仙，犬吠于天上，鸡鸣于云中"。

【解读】

宋人南渡以后，在江南佳丽地，曾经盛行过园林宅第的比拼。一些著名的宅第，节假日时还向外人开放，作为一种士人文化，确实有值得研究的地方。据《齐东野语》记载，张镃建于杭州城北南湖之上的园第，不仅有"万丛兰四百株松"的林苑气象，而且"园池声妓服玩之丽甲天下"，可谓一时之盛。今白石以词描绘，兼于形象气度外写其主人的精神世界。

开篇便是儒、道互补气象。"玉珂朱组"与"林下真趣"，一者纯是器物，一者却是精神，虽说兼写了主人人世而又出世的洒脱，但最终还是落脚在"大隐"的境界上。写新第落成，必定要渲染新鲜的风貌，谁个不想先睹为快呢？但词人笔下，是让梁上双燕先睹为快："双燕为君胥宇"，联系到前句所谓"林下真趣"，这里怕是有些别的寄托。果然，接着便说道六朝旧事，于是我们记忆里"旧时王谢堂前燕，飞入寻常百姓家"的诗句便自然浮现出来，若当时燕子有知，在先睹这"贵人宅第"的时候，该作何等感想？当然，作者的用意，并非不合时宜地在这里抒发六朝兴衰的感慨，而是说，从此以后，主人及其诗友们将在"柳桥花馆，玲珑深处"吟诗填词，以兴叹六朝旧事与当今盛事了。这样写，才显得不肤浅，才显得不是一味喜庆，而是别有沧桑在喜庆之中，从而耐人寻味。

下阕前半将此前所写的内容再作铺陈。"高卧未成，且种松千树"，不仅是写实，言下也有赞赏主人勤于耕耘的意思，因为"种松千树"和"觅句深堂"一样，都是主人精神生活所不可或缺的内容。魏晋时人有言，凡隐居者，若不"文以艺业"，便与樵夫舟子同类。再进一步，文艺创作与园林植作又必须彼此补充，中国文人的园林情趣就是这样丰富。之所以说其丰富，更因为其中又包含着一种民胞物与的博大精神。但看"写经窗静，他日任听风雨"，这里难道没有"风声，雨声，读书声，声声入耳；家事，国事，天下事，事事关心"的意味？有了这样的精神境界，住世间，也意味着出世间，即使真的成仙了，也绝不会"一人得道，鸡犬升天"。一言以蔽之，曰："世间住"，宅第纵如仙境，主人纵如神仙，都要在"世间住"。

徵　招

越中山水幽远，予数上下西兴、钱清间[1]，襟抱清旷；越人善为舟，卷篷方底[2]，舟师行歌[3]，徐徐曳之，如偃卧榻上，无动摇突兀势[4]，以故得尽情骋望。予欲家焉而未得[5]，作《徵招》以寄兴。《徵招》、《角招》者，政和间大晟府尝制数十曲[6]，音节驳矣。予尝考唐田畸《声律要诀》云："徵与二变之调[7]，咸非流美[8]"，故自古少徵调曲也。徵为去母调[9]，如黄钟之徵，以黄钟为母，不用黄钟乃谐，放隋唐旧谱不用母声。琴家无媒调[10]、商调之类皆徵也，亦皆具母弦而不用。其说详于予所作《琴书》[11]。然黄钟以林钟为徵，住声于林钟[12]，若不用黄钟声，便自成林钟宫矣；放大晟府徵调兼母声，一句似黄钟均，一句似林钟均，所以当时有落韵之讥[13]。予尝使人吹而听之，寄君声于臣民事物之中[14]，清者高而亢，浊者下而遗，万宝常所谓"宫离而不附"者是已[15]。因再三推寻唐谱并琴弦法而得其意：黄钟徵虽不用母声，亦不可多用变徵蕤宾[16]、变宫应钟声；若不用黄钟而用蕤宾、应钟，即是林钟宫矣；馀十一均徵调仿此，其法可谓善矣。然无清声，只可施之琴瑟，难入燕乐[17]。故燕乐阙徵调，不必补可也。此一曲乃予昔所制，因旧曲正宫《齐天乐慢》前两拍是徵调，故足成之；虽兼用母声，较大晟曲为无病矣。此曲依《晋史》，名曰黄钟下徵调，《角招》曰黄钟清角调。

潮回却过西陵浦[18]，扁舟仅容居士[19]。去得几何时，黍离离如此[20]。客途今倦矣，漫赢得、一襟诗思。记忆江南，落帆沙际，此行还是。

迤逦、剡中山[21]，重相见、依依故人情味。似怨不来游，拥愁鬟十二[22]。一丘聊复尔，也孤负幼舆高志[23]。水蓑晚[24]，漠漠摇烟[25]，奈未成归计。

【注释】

1　西兴：古地名，在今浙江萧山西二十里，六朝时名西陵，五代吴越时由于"陵"乃不吉之语，改名为西兴。钱清：钱清江，河流名，在今浙江绍兴市西北四十五里，其上游即浦阳江，《一统志》记，此由"东汉会稽太守刘宠受父老一钱"之典，而改名钱清。

2　卷篷方底：指船帆为卷折之形，船底是方形。

3　行歌：唱着歌谣。

4　突兀：船上下颠簸震动。

5　欲家焉：想把家搬到此地。

6　《徵招》、《角招》：招，通作"韶"，［宋］贺铸《东山词·木兰花》云："徵韶新谱日边来"，王光祈曰："孟子所谓徵招、角招，即徵调之韶与角调之韶。"政和：宋徽宗所用的年号，公元1111年至1118年，共八年。大晟府：徽宗时建立的皇家音乐机构。据《宋史·乐志》载，崇宁四年（1105）九月，以铸鼎及新乐成，下诏赐新乐名大晟。大观三年（1109）八月，徽宗亲制《大晟乐志》，命太中大夫刘昺编修乐书，是后正式建名为大晟府。

7　《声律要诀》：音律之书，唐代司马田畴撰写（一说，当作"田畴"，一说当作"田琦"），该书已佚。据晁公武《郡斋读书记·乐类》载："《声律要诀》十卷，唐上党郡司马田畴撰。"《宋史·艺文志》、《通志》、《文献通考》、《崇文总目》皆作"田琦《声律要诀》"。陆友仁《砚北杂志》作"田畴"。二变：古音乐中指变宫、变徵二调。

8　咸非流美：都不可能成为优美的曲调。

9　"徵为去母调"三句：意谓若是以黄钟为宫，其下生林钟为徵，则此调中黄钟为黄钟徵为母。按：此下数句，皆姜夔论古乐理之语，因田畴的《声律要诀》、姜夔的《琴书》等著作均已亡佚，难以索考。黄钟、林钟，皆为古乐十二律之一。

10　琴家：制琴曲的乐师。

11 琴书：白石的音乐专著，已亡佚。

12 住声：即杀声，古代音乐术语。

13 落韵之讥：宋人以作诗"出韵"为"落韵"。[宋]叶梦得《避暑录话》卷一载，崇宁初年，大乐缺徵调，有人献议请补，命教坊宴乐同为之。大使丁仙现表示反对，他认为，音已久亡，并非乐工所能恢复，不应随意妄增，会给后人留下笑柄。蔡京不听他的意见，强命人谱曲献上，即当时《黄河清》之类的曲子，声调始终不和谐。蔡京不通音律，沾沾自喜，召集众乐工演奏，并让丁仙现在旁边听之，问及感受，丁仙现答曰："曲甚好，只是落韵。"

14 臣民事物：古乐中的诸调。《礼记·乐记》："宫为君，商为臣，角为人，徵为事，羽为物。"

15 万宝常：隋代民间大音乐家。他曾根据宫商变化规律，将乐曲定为八十四调。详参《隋书·万宝常传》。宫离而不附：据《北史》卷九十《万宝常传》附"乐人王令言事"："时乐人王令言，亦妙达音律。大业末，炀帝将幸江都，令言子常于户外弹琵琶，作《翻调安公子曲》，令言时卧室中，闻之，惊起……曰：'汝慎无纵行，帝必不返。'子问其故。令言曰：'此曲宫商往而不返；宫者，君也，吾所以知之。'帝竟被杀于江都。"《碧鸡漫志》卷四、《南部新书》、《教坊记》皆有相似记载。

16 蕤（ruí 瑞阴平）宾：古乐十二律之一。

17 燕乐：即燕射之乐，隋唐以来逐渐形成的宫廷雅乐，多在宴请亲友、宾客的场合演奏，曲调在吸收少数民族声乐的基础上形成。

18　西陵：即浙江西兴。

19　居士：姜夔自称之辞。

20　黍离离：破败荒凉的样子。《诗·王风·黍离》："彼黍离离，彼稷之苗，行迈靡靡，中心摇摇。知我者谓我心忧，不知我者谓我何求。"

21　迤逦：蜿蜒不绝的样子。剡中山：剡县一带的山。剡县，即今浙江嵊州。嵊县南有剡溪。〔唐〕李白《秋日下荆门》："此行不为鲈鱼脍，自爱名山入剡中。"

22　愁鬟十二：形容剡山诸多峰峦如同女子螺鬟排列。

23　"一丘"两句：《晋书·谢鲲传》载：谢鲲任达不拘，好《老子》、《周易》，能歌，善鼓琴。明帝曾问他："卿自谓何如庾亮？"鲲答曰："端委庙堂，使百僚准则，鲲不如亮；一丘一壑，自谓过之。"《世说新语·品藻》亦有类似记载。一丘聊复尔，有一丘一壑就满足了。"一丘"代指退隐安身之地。谢鲲，字幼舆，阳夏（今河南太康）人。

24　水薠（hóng 红）：南方生长的一种水草。〔唐〕李贺《湖中曲》："长眉越沙采兰若，桂叶水薠春漠漠。"

25　漠漠：形容晚烟迷蒙。

【解读】

此词抒写作者对越中山水的爱恋。

上阕写自己乘一叶扁舟重游西兴，满目所见，一派萧条，倍增"客途"厌倦。下阕回忆昔游剡中之欢乐，言外无限感慨。扁舟一叶，作者却用了"仅容"二字，将孤独化为言外之意，而凸显出一叶小舟的"小"，非常形象。至于"客途倦矣"，对"一襟诗思"，便概括了作者的生活道路，不失凝练。上阕结语即转到记忆江南，与下阕开始连成一气，先是景中含情，接着情语写景，彼此照应，别有韵致。写江南今昔风景，不过"落帆沙际"四字，将日暮乡关之思、夕阳黄昏之叹留给读者去体味。"故人情味"云云，并非绝佳文字。反倒是"水蓑晚，漠漠摇烟"的意象，分明与前面"落帆沙际"的意象构成整体意境，耐人寻味。末句化用李贺《湖中曲》之句，道出自己内心复杂而迷茫的思想感情。全词意境幽远，尤其是下阕，多用文章笔法，接近稼轩风度。

蓦山溪

题钱氏溪月[1]

与鸥为客[2],绿野留吟屐[3]。两行柳垂阴,是当日、仙翁手植[4]。一亭寂寞,烟外带愁横。荷苒苒[5],展凉云,横卧虹千尺。　　才因老尽[6],秀句君休觅。万绿正迷人,更愁入山阳夜笛[7]。百年心事,惟有玉阑知[8]。吟未了,放船回,月下空相忆。

【注释】

1　钱氏溪月:南宋钱良臣的园林。钱良臣,字友魏,宋绍兴二十四年(1154)进士,宋孝宗淳熙五年(1178),钱良臣由给事中除端明殿学士、签书枢密院事,又除参知政事。淳熙九年(1182)罢政,于华亭(今上海松江)筑别墅,号"云间洞天",园内有东岩堂、巫山十二峰、观音岩、桃花洞等景致。

2　与鸥为客:与鸥鸟往来为伴。鸥,一种水鸟。"与鸥作伴"常用来作为古人隐居之喻。

3　绿野:唐裴度之别墅名,绿野堂,故址在今河南洛阳南。裴度曾因平定藩镇有功,宪宗时为宰相。晚年辞官退居洛阳,于午桥建别墅,种花木万株,与白居易、刘禹锡为伴，与诗酒为乐，不问世事。详见《新唐书·裴度传》。此处代指钱氏园林。吟屐：吟诗者的脚步。

4　仙翁：指钱良臣。姜夔作此词时，钱良臣已仙逝十三载，故称其为仙翁。

5　苒苒：草木茂盛的样子。[唐]白居易《题小桥前新竹招客》："桥前何所有，苒苒新生竹。"

6　才因老尽：随着年纪衰老，文才也逐渐衰尽。

7　山阳夜笛：晋时，向秀经过山阳旧居，闻邻人吹笛，引起其对亡友嵇康、吕安等人的追念，作《思旧赋》。见《文选》。后以山阳笛为思念旧友的典故。

8　玉阑：指园中白玉雕成的栏杆。

【解读】

钱良臣与范成大是同榜进士，由于范成大的原因，姜夔也结识了钱良臣，并在良臣晚年时得到他的青睐，也曾游钱氏园亭。钱氏去世后十三年，姜夔再次来到松江，睹物思人，写下此词。

上阕园中情景，起句写足野逸性情。借两行垂柳忆写植柳之人，正所谓物是人非。人去园荒，自然一片凄凉。"一亭寂寞，烟外带愁横"，是一个"横"字，"展凉云，横卧虹千尺"，还是一个"横"字，后者习见，前者少见，写园中亭而用"横"字，意象独特。当地景物，特定视角，已然无法验证。不过，在营造一种物是人非的凄凉氛围的同时，也刻画了独到的自然意象。

下阕感慨自己人老才尽。万绿迷人,说明景色依然可人,但斯人已去,闻笛怀旧,令人无限感伤。结句更进一层,"放船回"时,月明千里,空有怀念之情。全词情调凄婉,让人体会到作者怀念亡人的真切,同时也透出对人生苦短的感叹。不过,情调凄婉,笔调却清越,并不粘滞在伤感情绪上。

汉宫春

次韵稼轩[1]

云曰归欤[2]。纵垂天曳曳[3],终反衡庐[4]。扬州十年一梦[5],俯仰差殊。秦碑越殿[6],悔旧游作计全疏。分付与高怀老尹[7],管弦丝竹宁无。

知公爱山入剡,若南寻李白,问讯何如[8]。年年雁飞波上,愁亦关予。临皋领客,向月边、携酒携鲈[9]。今但借秋风一榻[10],公歌我亦能书[11]。

【注释】

1 本词乃和辛弃疾(号稼轩)《会稽秋风亭观雨韵》。《会稽续志·安抚题名》载,辛弃疾以此年六月十一日起知绍兴府兼浙东安抚使,十二月召赴行在。另一首蓬莱阁词亦为此年作品。此用辛弃疾韵,即拟其体。《稼轩长短句·汉宫春·会稽秋风亭观雨韵》:"亭上秋风,记去年袅袅,曾到吾庐。山河举目虽异,风景非殊。功成者去,觉团扇、便与人疏。吹不断,斜阳依旧,茫茫禹迹都无。

千古茂陵词在,甚风流章句,解拟相如。只今木落江冷,眇眇愁余。故人书报,莫因循、忘却莼鲈。谁念我,新凉灯火,一编太史公书。"

2 归欤:《论语·公冶长》:"子在陈曰:'归欤!

归欤！'"

3　垂天曳曳：形容大鹏飞翔时翅膀阔大，气势宏大的样子。《庄子·逍遥游》："其翼若垂天之云。"曳曳，牵引拖长。

4　衡庐：衡山、庐山，代指引退境地。《宋书·王僧达传》："生平素念，愿闲衡庐。"一说，解为衡宇，指简朴的住宅。[晋]陶潜《归去来辞》："乃瞻衡宇，载欣载奔。"

5　扬州十年一梦：[唐]杜牧《遣怀》诗："十年一觉扬州梦，赢得青楼薄幸名。"

6　秦碑：指会稽秦望山的碑刻，秦始皇登此山，曾令李斯刻石碑。秦望山，《水经注》载：秦望山在越州城正南，为群峰之杰，秦始皇登之以望南海。越殿：遗存在临安（今浙江杭州）的古代宫殿。

7　老尹：指辛弃疾，当时辛弃疾任职绍兴知府兼浙东路安抚使。尹，古代官职。

8　"知公"三句：李白曾畅游剡山（位于今绍兴地区），有诗《秋下荆门》："此行不为鲈鱼脍，自爱名山入剡中。"辛弃疾也曾遨游剡中。

9　"临皋"二句：宋元封五年（1082），苏轼带领客人游览黄州赤壁，作《后赤壁赋》云："是岁十月之望，步自雪堂，将归于临皋，二客从予……仰见明月，顾而乐之。……于是携酒与鱼，复游于赤壁之下。"临皋，临皋亭，位于长江边上的黄冈县南。

10　秋风：指秋风亭，此乃辛弃疾所建。〔宋〕张镃《汉宫春》（城畔芙蓉）词序曰："稼轩帅浙东，作秋风亭成，以长短句寄余。"

11　我亦能书：〔明〕陶九成《书史会要》："姜尧章书法，回脱脂粉，一洗尘俗，有如山人隐者，难登庙堂。"《砚北杂志》："宋人书习钟法者五人：黄长睿伯思，洛阳朱敦儒希真，李处权异伯，姜夔尧章，赵孟坚子固。"

【解读】

宋孝宗嘉泰三年（1203）六月，闲居已久的辛弃疾被召为知绍兴府、浙东安抚使，作《汉宫春》词以言志。姜夔此时正在绍兴一带，故写了这首和词。这首词的总体风格隽朗豪迈，全无卿卿我我之态，显然是受了辛词的感染。

此词须与稼轩原唱对比来读方好。

稼轩词"山河举目虽异，风景非殊"，尽抒家国悲慨，而"觉团扇，便与人疏"，又不胜世事炎凉之感。此外，既有"解拟相如"之意，更怀"太史公书"之志，于辞气迈往之际，展现了稼轩特有的人格魅力和词家气象。白石次韵而作，自然要神气逼肖，但个性有殊，词境相让，必然又有差异。其中，以"扬州十年一梦"，来对应于"山河举目虽异"，便有些不类，因为稼轩词意有"南渡之恨"。虽则如此，白石此作依然有泼墨写意的大气。起句便有气势，直接承稼轩"莫因循、忘却莼鲈"而来，提炼出"终归衡庐"的主题来统领全篇。其馀无非与稼轩原意相携而行，惟结语"但借秋风一榻"，正对应稼轩原唱起句"亭上秋风"，构思巧妙而有情致，应和无间之际，来一句"公歌我亦能书"，几分戏谑，几分认真，最切合友朋间的文章词曲唱和。

汉宫春

次韵稼轩蓬莱阁[1]

一顾倾吴[2]。苎萝人不见[3],烟杳重湖[4]。当时事如对弈[5],此亦天乎。大夫仙去[6],笑人间、千古须臾。有倦客扁舟夜泛,犹疑水鸟相呼。

秦山对楼自绿[7],怕越王故垒[8],时下樵苏。只今倚阑一笑,然则非欤。小丛解唱[9],倩松风、为我吹竽。更坐待千岩月落,城头眇眇啼乌[10]。

【注释】

1 次韵稼轩蓬莱阁:辛弃疾原作《汉宫春·会稽蓬莱阁怀古》:"秦望山头,看乱云急雨,倒立江湖。不如云者为雨,雨者云乎。长空万里,被西风、变灭须臾。回首听,月明天籁,人间万窍号呼。谁向若耶溪上,倩美人西去,麋鹿姑苏。至今故国人望,一舸归欤。岁云暮矣,问何不、鼓瑟吹竽。君不见,王亭谢馆,冷烟寒树啼乌。"蓬莱阁,《会稽续志》:"蓬莱阁在州治设厅之后卧龙山下,吴越王钱镠建。为当地登临之胜。"

2 一顾倾吴:[汉]李延年诗《北方有佳人》:"北方有佳人,绝世而独立。一顾倾人城,再顾倾人国。宁不知倾城与倾国，佳人难再得！"据《吴越春秋》载：越王勾践献西施于吴王，吴王得之，为筑姑苏台，游宴其上。后越王勾践灭吴，范蠡取西施泛舟五湖而去。

3 苎萝人：指西施。相传她是越国苎萝村（今浙江诸暨）人。

4 重湖：鉴湖，位于今绍兴西南。

5 对弈：下棋。这里比喻吴越两国的斗争。杜甫《秋兴八首》之四："闻道长安似弈棋，百年世事不胜悲。"

6 大夫：指越国大夫文种。公元前494年，吴国攻破越国，会稽被围困。大夫文种向越王勾践献计，被越王派到吴国贿赂太宰伯嚭。越国因此得免亡国。勾践归国后，将国政授之，君臣刻苦图强，终于灭亡吴国。后勾践听信谗言，赐剑命其自杀。《嘉泰会稽志》："卧龙山旧名种山，越大夫种葬处。"

7 秦山：《水经注》载：秦望山在越州城正南，为群峰之杰，秦始皇登之以望南海。

8 越王故垒：《浙江通志》："越王台在卧龙山之西。"

9 小丛：即歌女盛小丛。《碧鸡漫志》"西河长命女"条："崔元范自越州幕府拜侍御史，李讷尚书饯于鉴湖，命盛小丛歌，坐客各赋诗送之。"此借指辛弃疾的侍儿。

10 眇（miǎo秒）眇：指微小，望而不见。《楚辞·九歌》："帝子降兮北渚，目眇眇兮愁予。"啼乌：啼叫的乌鸦。[唐]张继《枫桥夜泊》："月落乌啼霜满天，江枫渔火对愁眠。姑苏城外寒山寺，夜半钟声到客船。"

【解读】

稼轩原作固已臻神逸境界，一气运转，若天马行空，不仅景象阔大，万象灵动，真有笔挟风雨之势，而且寓意深远，人生感慨，历史反思，都归西风云雨，冷烟寒树。原唱如此，次韵惟艰，白石舍大取小，以"若耶溪上，倩美人西去"领起全篇，取得是小中见大的路径。而全篇连缀成一体的几处兴叹，如"当时事如对弈，此亦天乎"，如"笑人间，千古须臾"，如"扁舟夜泛，犹疑水鸟相呼"，如"怕越王故垒，时下樵苏"，如"只今倚栏一笑，然则非欤"，连贯而下，一气呵成，别有一种神韵。当年"大夫"之"笑人间"的一"笑"，与今天感觉"然则非欤"的"一笑"，将"千古须臾"的立意形象化、感情化了，所以，尽管词中用了许多陈述而非描写的语词，但整体上却十分感性，诵读之际，确实回肠荡气，令人顿生无限感慨。

若就其意象而言，中间"有倦客"云云，以阅尽人世沧桑者的心眼，叙写扁舟夜泛的情景，景语皆情语，言外更有一层跨越于历史与自然之上的理性思忖，格外耐人寻思。如"秦山对楼自绿"，分明是风景不殊而人事已非的意思，倒也寻常；而"怕越王故垒，时下樵苏"，便语意幽深而奇峭，苏轼《念奴娇·赤壁怀古》曰："故垒西边，人道是三国周郎赤壁"，含有当年英雄事业尽入渔樵闲话的悲凉感，白石造语，值此以"怕"、"时"二字领起前后两句，似在苏轼词意的基础上再转折而加深层次：所谓"时见"者，有或许之意，于是就比尽入渔樵闲话的感慨新添一层悲凉；而那一个"怕"字，尤其传达出对历史无情的莫名恐惧，其中意趣，真足令人掩卷叹息者再三！

洞仙歌

黄木香赠辛稼轩[1]

花中惯识，压架玲珑雪[2]。乍见缃蕤间琅叶[3]。恨春风将了[4]，染额人归[5]，留得个、袅袅垂香带月。　　鹅儿真似酒[6]，我爱幽芳，还比酴醾又娇绝[7]。自种古松根，待看黄龙[8]，乱飞上苍髯五鬣[9]。更老仙添与笔端春[10]，敢唤起桃花[11]，问谁优劣。

【注释】

1　黄木香：即木香，蔓生植物，初夏开花，或白或淡黄，味香。

2　压架：形容蔓生植物攀附花架的样子。玲珑雪：形容花蕊小巧，颜色洁白似雪。

3　缃蕤（xiāng ruí 箱瑞 阳平）：浅黄色的花苞。缃，淡黄色的绸。蕤，花朵下垂的样子。琅（láng 郎）：洁白如玉。

4　将了：将尽。

5　染额人：南朝宋武帝的女儿寿阳公主人日卧于含章殿檐下，梅花落在公主额上，成五出之花，拂之不去。后来宫中女子都效仿此妆，在额头染为梅花，叫做梅花妆。南朝梁简文帝《戏赠丽人》诗（见《玉台新咏》）："同安鬟里拨，异作额间黄。"

6　鹅儿真似酒：形容木香淡黄色的颜色如同鹅黄酒。鹅儿，鹅儿黄，嫩黄色。鹅黄，酒名。［唐］杜甫《舟前小鹅儿》："鹅儿黄似酒，对酒爱新鹅。"

7　酴醾（tú mí 图弥）：落叶小灌木，攀缘茎，茎上有钩状的刺，羽状复叶，小叶椭圆形，初夏开花，花白色，有香气，供观赏。也作荼蘼。［宋］朱淑真《鹧鸪天》："千钟尚欲偕春醉，幸有荼蘼与海棠。"

8　黄龙：指黄木香的枝条。

9　苍鬣五鬣（liè 列）：苍劲的古松。［唐］段成式《酉阳杂俎·广动植》："成式修竹里有私第，大堂前有五鬣松两株。"鬣，松针。

10　添与笔端春：用力地用笔描写。

11　唤起桃花：画出一枝桃花。

【解读】

宋宁宗嘉泰三年（1203）正月，辛弃疾被召入京，将被任命为浙东安抚使，姜夔写此词相赠，表示了对这位始终坚持抗金的儒雅将领由衷的崇敬。词体应是咏物，或以黄木香比喻辛弃疾，以花中之珍喻国之良材，但不宜言之过实，否则，不免胶柱鼓瑟。

咏物词最忌呆板刻画。白石此词之所以出色，正在于不作呆板刻画语。写酴醾，从人们习惯的白色花写起，并以"玲珑雪"形容，形象与笔法均皆高妙。接着正面写到"黄木香"的"黄"，先是绿叶黄花相间的美，然后是当年寿阳公主额上五出花开的"梅花妆"，由花及人，然后由人及花，"袅袅垂香带月"，暗用"疏影横斜水清浅，暗香浮动月黄昏"诗意，令人遐想无限。

由于酴醾又指重酿的酒，所以下阕才有"鹅儿真似酒"的句子。但其词意灵妙处还在酒与花重叠来写的构思，即"还比酴醾又娇绝"，细想之下，那以酿造出来的娇艳美色来形容眼前花色的意象，实在让人痴迷。或许正是因为这里写得太娇艳了，所以紧接着陡转笔锋，用"松根"、"黄龙"、"苍髯无鬣"的形象来形容酴醾的花茎和枝条，使娇艳与苍劲形成对比，造成强烈的艺术效果。酴醾花是攀缘茎植物，用"黄龙飞上"的意象来形容，也十分贴切。也正因为有此"黄龙飞上"的意象，后面"老仙"意象的出现就非常自然。最后呼唤"桃花"出来一比高低，应该有所寓意，"笔端春"，或指自家之作，或指稼轩之作，容读者去想象好了。

念奴娇

毁舍后作[1]

昔游未远,记湘皋闻瑟[2],澧浦捐褋[3]。因觅孤山林处士[4],来踏梅根残雪。獠女供花[5],伧儿行酒[6],卧看青门辙[7]。一丘吾老[8],可怜情事空切。　　曾见海作桑田[9],仙人云表,笑汝真痴绝。说与依依王谢燕[10],应有凉风时节。越只青山,吴惟芳草[11],万古皆沉灭。绕枝三匝[12],白头歌尽明月。

【注释】

1　毁舍:姜夔的住所曾被大火焚毁。陈谱引《宋史》卷六十三《五行志》:"嘉泰四年三月丁卯,行都大火,燔尚书省、中书省、枢密院、六部右丞相府。火作时,分数道,燔二千七十馀家。"

2　湘皋:湘江之滨。闻瑟:指当时湖南老人萧德藻将侄女嫁给姜夔为妻。屈原《远游》:"使湘灵鼓瑟兮,令海若舞冯夷。"

3　澧(lǐ里)浦:澧水之滨。捐褋(dié蝶):捐弃衣物。《楚辞·九歌·湘夫人》:"捐余袂兮江中,遗余褋兮澧浦。"裯,单衣。此句意谓与妻子时而分离。

4 孤山林处士:北宋隐士林逋,字复君,钱塘人。他以梅为妻,以鹤为子,隐居孤山,人称孤山林处士,有《林和靖先生集》。此处以林处士喻张鉴,他曾将东青门的别墅借给姜夔居住。

5 獠女:面貌丑陋的侍女。

6 伧(cāng 沧):粗鄙的童仆。

7 青门:《咸淳临安志》:"城东东青门,俗呼菜市门。"青门即南宋临安府的城东门,又叫菜市门。

8 一丘:一座小山或一块平地,指容身之处。《太平御览》卷十九《苻子》载,黄帝谓容成子曰:"吾将钓于一壑,栖于一丘。"

9 海作桑田:此指世事变迁很大。[晋]葛洪《神仙传·王远》:"麻姑自说云:'接待以来,已见东海三为桑田。'"

10 王谢:东晋时江表的两大家族。[唐]刘禹锡《台城曲》:"旧时王谢堂前燕,飞入寻常百姓家。"

11 "越只"两句:古越国如今只剩下座座青山,古吴国也只有萋萋芳草。意谓世事变迁,无法阻遏。[唐]李白《登金陵凤凰台》:"吴宫花草埋幽径,晋代衣冠成古丘。"也是以类似景物寄托类似情感。越,古越国,建都于会稽(今属浙江绍兴)。吴,春秋吴国,建都于吴(今江苏苏州)。

12 绕枝三匝:曹操《短歌行》:"月明星稀,乌鹊南飞,绕树三匝,何枝可依?"此处暗指张鉴已逝,屋舍又毁,不知日后如何生活。三匝,三圈或三周。

【解读】

　　这首词作于住所被大火焚毁之后,故情绪十分低落。上阕回忆自己前半生的飘泊遭际,自湖南来到杭州,依友人张鉴,转瞬十年,人已老矣。下阕感慨人生无常,一方面为友人的逝世感到悲哀,另一方面更不知自己失去了友人的帮助,今后的命运将是何等模样。全词情调凄凉。

　　前半虽然都在写自家漂泊生涯,但措辞却又清雅而幽美,并不作直白牢骚语。这是否就是张炎所说的"骚雅句法"呢?如"记湘皋闻瑟"一句,字面上必然会引发有关湘灵鼓瑟的联想,相形之下,反倒是交代自家经历的写作意图显得含蓄隐晦了。再如以林逋比张鉴,除了含有对友人性情品格的赞赏外,同时也塑造了自己的人格形象。不仅如此,"来踏梅根残雪",意象格调透着瘦硬风骨,如此而与下句中的"獠女"、"伧儿"彼此关联,整体上就造成了朴野而孤高的人格形象。像这种景语写情而兼叙事的简洁句法,以及通体比兴的构思模式,是很值得诗艺研究者去玩味的。

　　后半写得超旷,下笔洒脱,逸兴飞动。如果说"仙人云表"意象,还只是一般排遣语意,那接下来就境界不同了。"说与"云云,是在刘禹锡诗意的基础上再加一层,乃"接着说",非"照着说",使经典诗意得到持续性的阐释。结句最有意味，本系个人不幸遭遇，对酒当歌，也只是凄凉身世之感而已，但作者却借曹操诗句发挥，于是，自然借重于曹操诗意的苍凉浑茫，使整首词的情思意趣低沉而不颓废、孤寂而不凄惨。试想，既然"万古皆沉灭"，又何须在意这小小的一家屋舍呢？当然，"应有凉风时节"，毕竟含有"如今识尽愁滋味，却道天凉好个秋"的意思吧！

永遇乐

次稼轩北固楼词韵[1]

云隔迷楼[2],苔封很石[3],人向何处?数骑秋烟,一篙寒汐[4],千古空来去。使君心在[5],苍崖绿嶂,苦被北门留住[6]。有尊中酒差可饮[7],大旗尽绣熊虎。　　前身诸葛[8],来游此地,数语便酬三顾[9]。楼外冥冥,江皋隐隐[10],认得征西路[11]。中原生聚[12],神京耆老[13],南望长淮金鼓[14]。问当时依依种柳[15],至今在否?

【注释】

1　本此和辛弃疾《永遇乐·京口北固亭怀古》而作,辛弃疾原作为:"千古江山,英雄无觅,孙仲谋处。舞榭歌台,风流总被、雨打风吹去。斜阳草树,寻常巷陌,人道寄奴曾住。想当年,金戈铁马,气吞万里如虎。元嘉草草,封狼居胥,赢得仓皇北顾。四十三年,望中犹记,烽火扬州路。可堪回首,佛狸祠下,一片神鸦社鼓。凭谁问:廉颇老矣,尚能饭否?"北固楼,在江苏镇江北一里有北固山,下临长江,三面环水,其势险固。北固楼位于山上。梁武帝幸京口登北固楼,遂改名北顾。

2　迷楼：在扬州，为隋炀帝下江南时所建。北固山隔江可与扬州相望。《古今诗话》："炀帝时，新宫既成，帝幸之，曰：'使真仙游此，亦当自迷。'乃名迷楼。"

3　很石：镇江北固山甘露寺中的一块石头。《苕溪渔隐丛话》前集卷二十四引《蔡宽夫诗话》曰："润州甘露寺，有块石，状如伏羊，形制略县，号很石。相传孙权尝据其上，与刘备论曹公。壁间旧有罗隐诗板云：'紫髯桑盖两沉吟，很石空存事莫寻。'"陆游《入蜀记》："石亡已久，寺僧辄取一石充数。"

4　汐：晚潮，此泛指海潮。

5　使君：汉代以后对州郡长官的尊称。此处指辛弃疾，辛自绍熙五年（1194）在福建安抚使任，后于上饶带湖与铅山瓢泉间隐居十馀年，故称之"心在苍崖绿嶂"。

6　北门：《旧唐书·裴度传》记，唐开成二年（837）"文宗遣吏部郎中卢弘往东部宣旨曰：'卿虽多病，年未甚老，为朕卧镇北门可也。'"北方，亦指门户重镇，南宋时镇江属其北方门户，因此此处指镇江，是时为抗金的北疆门户。

7　有尊中酒差可饮：《晋书·郗超传》："时愔在北府，徐州人多劲悍，温恒云'京口酒可饮，兵可用'，深不欲愔居之。"这里以桓温喻稼轩。差可，大可以。

8　诸葛：指诸葛亮。［宋］刘宰《漫塘文集》卷十五《贺辛待制知镇江》文云："眷惟京口，实控边头；虽地之瘠民之贫，然酒可饮兵可用。"亦用郗超语。

9　酬：报谢。三顾：刘备为请诸葛亮出山，曾经三顾茅庐。诸葛亮《前出师表》："先帝不以臣卑鄙，猥自枉曲，三顾臣于草庐之中。"

10　江皋：江边的高地。

11　征西：诸葛亮取益州，是西向进军。此处用桓温北伐的典故。桓温曾拜征西大将军。作者此处借西征代指北伐。辛弃疾是从山东退到江南的，熟悉北方的山川形势，其《永遇乐·京口北固亭怀古》亦云："望中犹记，烽火扬州路。"

12　生聚：指繁殖人口，积聚财力。

13　神京：指北宋京城汴京（今河南开封）。耆（qí奇）老：父老。

14　长淮：淮水，南宋时是前线。金鼓：北伐大军之战鼓。

15　依依种柳：刘义庆《世说新语·言语》："桓公（桓温）北伐，经金城，见前为琅邪时种柳，皆已十围，慨然曰：'木犹如此，人何以堪！'攀枝执条，泫然流泪。"

【解读】

辛弃疾原唱本就是词中名篇，相形之下，白石唱和，难免逊色。但两人性情气质毕竟不同，所以白石和作也自有可圈可点之处。

首先，辛词立意显豁，抒写大气，非胸中有过人韬略者不能道，一般文士词客不能同日而语。白石读辛词而知其意志所在，于心曲相通之外，当别寻一径抒写，否则便是亦步亦趋了。也因为此，一上来的"云隔"、"苔封"，所塑造的意象世界，就是一个似乎被历史尘封的世界。任何人读得此等语句，都会觉得，这里应有很多潜台词：是恢复大计的尘封？是英雄如老辛者之被遗忘？……然而，谁又能说这不是写景语句呢？

其次，"使君心在……苦被北门留住"，什么意思？无论如何都是耐人寻味的。而"前身诸葛"数语，与"三顾"茅庐的故事连接在一起，又用了"数语便酬三顾"这样的语意表述，不仅将贤臣明君的知遇理想和盘托出，而且以举重若轻的方式抒写了"鞠躬尽瘁，死而后已"以报效家国的意志。辛弃疾有词曰："看渊明风流酷似，卧龙诸葛。"白石此处的"前身诸葛"，想必含有"今世渊明"的意思，而这样一来，为辛弃疾鸣不平的潜在词意，也就曲折委婉地表现出来了。

最后，辛词以"廉颇老矣，尚能饭否"结束，表示了英雄并未衰老而执政者却视为老朽的苦涩感受，读罢令人慨叹不已。白石针对稼轩特有的感触，以"中原生聚，神州耆老，南望长淮金鼓"相对，是所谓"遗民泪尽胡尘里，南望王师又一年"，有激励对方的意思，其立意也因此而可贵。在如此立意的基础上，结语用桓温故事，乃以岁月无情告诫世人，恢复大计，岂可一再蹉跎！可谓深婉悠长。

虞美人

括苍烟雨楼[1]，石湖居士所造也[2]，风景似越之蓬莱阁[3]，而山势环绕，峰岭高秀过之。观居士题颜[4]，且歌其所作《虞美人》，夔亦作一解[5]。

阑干表立苍龙背[6]，三面巉天翠[7]。东游才上小蓬莱[8]，不见此楼烟雨未应回。　　而今指点来时路，却是冥濛处。老仙鹤驭几时归[9]，未必山川城郭是耶非[10]。

【注释】

1　括苍：古县名，在浙江处州（今丽水东南），因括苍山而得名。《唐书·地理志》："丽水县有括苍山。"烟雨楼：《浙江通志·处州·喻良能旧州治记》："由好溪堂层级，三休至烟雨楼。凭阑回顾，目与天远。"

2　石湖居士：范成大，字致能，号石湖居士。烟雨楼为范成大任职括苍时兴建。《石湖诗集》卷三十四《桂林中秋赋》有"戊子守苍括"之句。戊子，宋孝宗乾道四年（1168）。

3　越：指绍兴府，今浙江绍兴。蓬莱阁：浙江会稽的蓬莱阁，在卧龙山上，五代吴越王钱镠建。

4　居士题颜：范成大曾为烟雨楼题写匾额。《浙江通志》引《方舆胜览》："烟雨楼在州治，范至能书。"至能，范成大的字。烟雨楼有范成大摩崖各体书，叶昌炽《语石》卷一卷七颇为推崇范成大摩崖各书体，称许其为南渡第一。题颜，楼门上方的匾额。

5　一解：相当于一阕，一首。

6　苍龙背：蜿蜒如龙的山峦。

7　巉（chán 缠）天翠：山势高险，翠岚连天。

8　东游：指从杭州东游绍兴府、处州。小蓬莱：因风景酷似绍兴府蓬莱阁，故以此称烟雨楼。

9　老仙鹤驭：古人避讳曰死，称人死为"驾鹤西归"，范成大卒于绍熙四年，而姜夔作此词时为宁宗开禧二年（1206），范成大已卒十三年，故云。

10　山川城郭是耶非：《搜神后记》载，辽东人丁令威学道灵虚山，成仙后化鹤归乡，立于城门华表柱上。有少年要射它，它唱道："有鸟有鸟丁令威，去家千年今始归。城郭如旧人民非，何不学仙冢累累。"唱罢飞去。

【解读】

此词系旧地重游而睹物怀人之作。烟雨楼系范成大所造，范成大死后十馀年，姜夔再过处州而登烟雨楼，不禁睹物思人，遂成此唱。

大凡登临之作，多就眼前景物抒发情怀。上阕描写烟雨楼巍然立于山脊，堪与绍兴府蓬莱阁争雄。"不见此楼烟雨未应回",言下隐然有更胜一筹的意味。下阕以一种类似招魂的特殊方式悼念亡友,虽然表面上看不见哀切之辞,但其情之浓重与真诚,倒比涕泗涟涟更具感染力。来时路却是冥濛处,既写出了烟雨楼头烟雨朦胧的景象,又象征着迷茫间幻觉顿生的情景,一笔两意。最是结句有味!故人精灵回归,重游自家楼台,追想往昔情景,其感慨又岂是传说之言所能道尽?此所谓言外之意无穷。

水调歌头

富览亭永嘉作[1]

　　日落爱山紫,沙涨省潮回。平生梦犹不到,一叶眇西来[2]。欲讯桑田成海[3],人世了无知者,鱼鸟两相推[4]。天外玉笙杳,子晋只空台[5]。

　　倚阑干,二三子[6],总仙才[7]。尔歌远游章句[8],云气入吾杯[9]。不问王郎五马[10],颇忆谢生双屐[11],处处长青苔。东望赤城近[12],吾兴亦悠哉。

【注释】

　　1　富览亭:古亭名,在今浙江温州西北郭公山上。郭公山因晋郭璞尝在此居住,故名。永嘉:旧郡名,宋代为温州。《永嘉县志》卷二十一:富览亭"在郭公山上,不越几席,而尽山水之胜"。《万历温州府志》:"郭公山在郡城西北,晋郭璞登此卜居,故名。"

　　2　一叶眇西来:此句指自己乘舟自西而来。一叶,指小舟。眇,遥远。

　　3　桑田成海:世间沧海桑田的变化。温州地处海边,故有桑田成海之问。晋葛洪《神仙传》载麻姑语:"接待以来，已见东海三为桑田。"

4　鱼鸟两相推：意谓鱼儿推说鸟儿知道，鸟儿推说鱼儿知道。

5　"天外"两句：自从仙人王子晋去后，再也听不到那响遏行云的笙曲，只剩下这座空台了。子晋，指王子晋，即周灵王的太子王子乔。据葛洪《神仙传》载，子乔喜欢吹笙作凤凰鸣，道士浮丘公引之入嵩山修炼学道。三十多年后，于缑（gōu 勾）氏山顶与世人告别，升仙而去。《永嘉县志》引《名胜志》载："吹台山在城南二十里，上有王子晋吹笙台。"

6　二三子：指与作者同登富览亭的友人。二三子是古人习惯的说法，表约数。

7　仙才：才思飘逸，超凡脱俗。

8　《远游》：《楚辞》之《远游》篇。王逸《楚辞章句》："远游者，屈原之所作也。屈原履方直之行，不容于世。……遂叙妙思，托配仙人，与俱游戏，周历天地，无所不到。"

9　云气：飘飘凌云的仙气。

10　王郎五马：据《永嘉县志》载："五马坊在旧郡治前。王羲之守永嘉，庭列五马。绣鞍金勒，出即控之。今有五马坊。"但《浙江通志》考证，此为附会之说，王羲之并未担任过永嘉太守，后人将孙绰的事误移在王羲之身上，故修建了五马坊。《晋书·孙绰传》："会稽内史王羲之引（孙绰）为右军长史。转永嘉太守，迁散骑常侍，领著作郎。"五马，古代对太守的别称。古乐府《日出东南隅行》："使君从南来，五马立踟蹰。"

11　谢生双屐：南朝宋诗人谢灵运喜游山水，经常穿着一种特制的木屐，上山时去掉前齿，下山时去掉后齿。当时人称为"谢公屐"。李白《梦游天姥吟留别》："脚着谢公屐，身登青云梯。"谢灵运曾担任过永嘉太守，《永嘉县志》载此县有谢客岩、池上楼等相关古迹。

12　赤城：赤城山，在今浙江省天台县北六里，为道教名山。《会稽记》：赤城"土色皆赤，状似云霞。望之如雉堞"。孙绰《天台赋》："赤城霞起而建标。"

【解读】

这是一首记游词。作者宁宗开禧二年（1206）于处州（今浙江绍云）作短暂停留后，又应友人之约南下温州，登山远望，尽览永嘉山水之胜，写下此词。

上阕起句工致，写景不减唐人高处。句法亦奇崛。按理，应是"爱看落日照山紫，省得沙上涨潮回"，经词人特殊安排句法，便奇崛而别有韵味。接下来的构思更巧妙，"鱼鸟两相推"，看似调笑，却颇有风致。不仅如此，人世了无知者，实因为人生短暂，哪里能见证沧海桑田的大变化？而"鱼鸟相推"者，想必与《庄子·逍遥游》中的鲲鹏故事有关，因为只有经历过鱼鸟变化者才能真正明白沧海桑田的变化意味着什么。这样一种含纳万有的胸怀，几乎可以包容所有的人世感慨，于是"子晋只空台"

一句，意义也就丰富多了。

　　下阕连用几个前朝典故，意在说明永嘉历史文化的悠远。末句以"东望赤城"作结，表达了自己置身美景之中那种飘飘欲仙的感受。然《远游》之仙气终难化解人世自然"逝者如斯"的感喟，"吾兴亦悠哉"的同时，又难免谢公屐处生青苔的悲凉。当然，这里的"处处长青苔"，也有几分替永嘉山水惋惜的意思，言下之意是说：自大谢去后，已少有如他那样理解山水并善于描写山水的人了。既然如此，则"吾兴亦悠哉"的兴致，便不能不含有忘情于山水之间的高情逸趣。此词笔法颇近稼轩，叙写之中有议论，议论之际含诙谐。

卜算子

吏部梅花八咏[1],姜夔次韵。

江左咏梅人[2],梦绕青青路。因向凌风台下看[3],心事还将与。　　忆别庾郎时[4],又过林逋处[5]。万古西湖寂寞春,惆怅谁能赋。

【注释】

1　吏部梅花:吏部,指曾三聘,《宋史》四百二十二卷本传:"曾三聘字无逸,临江新淦人……宁宗立,兼考功郎。"故称为吏部。张镃《卜算子》(常记十年前)词小序云:"无逸寄示近作梅词,次韵回赠。"张镃这首《卜算子》词与姜夔词第一首同韵。据此可知吏部梅花词,系指曾三聘咏梅词。曾词今不存。

2　江左:指长江以东地区。

3　凌风台:古代扬州台观名。何逊《早梅》诗:"枝横却月观,花绕凌风台。"

4　庾郎:庾信(513—581),字子山,南朝时梁朝人,南阳新野(今属河南)人。曾作《哀江南赋》、《伤心赋》、《愁赋》以寄思乡之情。其《梅花》诗,有"树动悬冰落,枝高出手寒"句。

5　林逋:宋初隐士,隐居杭州孤山,以种梅养鹤吟诗自遣，写有著名的咏梅诗《山园小梅》："疏影横斜水清浅，暗香浮动月黄昏。"

【解读】

凡唱和之作，都需要避开原唱的内容而另辟蹊径。这首小令，在艺术上的特点就是组织故实，组织得巧妙，便是成功。"江左咏梅人"当然是指何逊，其实整个上阕都是围绕着何逊故事在写。但是，一句"梦绕青青路"，再一句"心事还将与"，境界就辽远了。

谁人没写过咏梅诗？却偏将庾信拉扯进来！作者是否有感念庾信身世的用心？词中难觅迹象，所以不敢枉断。然而，最后的"万古西湖寂寞春，惆怅谁能赋"，毕竟值得品味。试将词中固有的句子重新组合一下，便得"梦绕青青路，心事还将与。西湖寂寞春，惆怅谁能赋"四句，作为咏物体的词作，即便是作为一种意义背景看，不也烘托出弥漫于万古之世的寂寞惆怅之情吗？而且是对梅花而言的，其中或许就含有清高者必寂寞的精神信念呢！

又

月上海云沉，鸥去吴波迥[1]。行过西泠有一枝[2]，竹暗人家静。　　又见水沉亭[3]，举目悲风景。花下铺毡把一杯，缓饮春风影。

【注释】

1　吴波：浙江古时曾属吴。吴波，一说，指杭州以东的江海，一说指西湖水。迥：辽远的样子。

2　西泠：西泠桥，在西湖孤山之西，为后湖与里湖的界桥。

3　水沉亭：作者原注："水沉亭在孤山之北，亭废。"

【解读】

此词短小，然意味深长。上阕前两句境界阔大。首句与张九龄"海上生明月，天涯共此时"相比，气象毫无逊色。而且以"月上"搭配"云沉"，意象极富张力。然后借海鸥连通海、江，真所谓一气运行，下笔有千里之势。有了前面的阔大，接下来的"行过西泠有一枝，竹暗人家静"，才显出细小的妙处，偌大西湖，仅写西泠桥旁一枝梅花，且在丛竹之间，其空灵之气跃然纸上，大有"万绿丛中红一点，动人春色不须多"的意味。其实，这种大小比照式的章法结构，本是杜甫所擅长的，白石习用此法，也间接证明了他与"江西诗法"的渊源关系。下阕"花下铺毡把一杯，缓饮春风影"，把梅花稀疏错落、随风摇动的仪态借"影"字表现出来，可谓体物入微。而前句"举目悲风景"，既是写实，也为全词注入几分悲凉，反倒显得情思深远了许多。

通观全词，虽为小令，但意境并不狭小，其构思造句，确有可称道的地方。

又

藓干石斜妨[1]，玉蕊松低覆。日暮冥冥一见来，略比年时瘦。　凉观酒初醒[2]，竹阁吟才就[3]。犹恨幽香作许悭[4]，小迟春心透[5]。

【注释】

1　藓干：梅枝上长满青苔。范成大《梅谱》："古梅会稽最多，四明、吴兴亦间有之。其枝樛曲万状，苍藓鳞皴，封满花身。"石斜妨：梅枝横斜，为岩石所阻挡。

2　凉观：白石自注："凉观在孤山之麓，南北梅最奇。"

3　竹阁：白石自注："竹阁在凉观西，今废。"

4　许悭：如此吝惜。

5　小迟：少许等待。

【解读】

这里所描写的应该是形态特殊的所谓"苔梅"。

首两句语意颇为曲折。先从第二句解读，"玉蕊"自然是指梅花，中间一个字"松"字独立，后面的"低覆"应是指松树枝条低低地覆盖在梅花花蕊上。由此上推第一句，"藓干"对下句"玉蕊"，自是指梅花的枝干，因为"其枝樛曲万状，苍藓鳞皱，封满全身"，所以说"藓干"，中间仍然是一个"石"字独立，而"斜妨"则是形容苔梅的枝干在伸展中被斜横在旁边的石头所妨碍。两句合成一个完整的意思，真切描绘出一幅苔梅松石图：松树荫下，奇石边旁，生长着枝干虬曲的苔梅。其形象非常具体生动，而特殊的语意结构又营构出奇崛的审美意境。这一意境更由于"日暮冥冥一见来，略比年时瘦"的抒写而深化，花的肥瘦如何判断？梅花本身不就是形体消瘦的吗？可见，"瘦"的感觉来自词人的内心。一番观赏，寄托着一腔情思，后半"犹恨"、"幽香"如此地不肯慷慨，以及点出"春心"即将透出，无非在渲染梅花魂魄在"春心"催促下的日见憔悴。总之，如果说前半写得形象，则后半写得空灵。且看，中间过渡的两句正是"凉观酒初醒，竹阁吟才就"，词人说了是对梅吟诗，则其中所言当然是为诗意的寄托了。

又

家在马城西[1]，今赋梅屏雪[2]。梅雪相兼不见花,月影玲珑彻。　　前度带愁看,一饷和愁折。若使逋仙及见之³,定自成愁绝。

【注释】

1　马城:亦作马塍(chéng 成,田间的土埂子)。《淳祐临安志》卷九:"东西马塍,在馀杭门外羊角埂之间。土细宜花卉,园人多工于种接,为都城之冠。或云是钱王旧城,非塍也。"姜夔晚年居住于此,卒后亦葬于此。薛泂《泠然斋集》有到马塍哭姜尧章诗。

2　梅屏:列梅为屏。《南宋杂事诗注》卷二引《北涧集·梅屏赋》:"北山鲍家田尼庵,梅屏甲京都。高宗尝令待诏院图进。"白石自注:"马城在都城西北,梅屏甚见珍爱。"

3　逋仙:指被称为"梅妻鹤子"的林逋。

【解读】

本词所吟,应是雪梅。"梅雪相兼不见花",显然是写实性的笔触,而且是就鲍家田尼庵的"梅屏雪"来作写照的。雪落梅屏成奇妆,一片银白如玉砌。词人至此并不作雪中梅花的进一步刻画,而是转换视角到月夜景观,"月影"者,月下梅屏的影子,本来已经雪覆梅树不见花,如今又是在夜间月光之下,那"玲珑透彻"的"月影",究竟是怎样一种景象,便不难想见了。很清楚,"玲珑彻"

的景象，必然是一种朦胧的景象。由此想到严羽《沧浪诗话》所谓"玲珑透彻，不可凑泊"，换句话说，不就是混沌一片，不可分辨吗？白石此词，实际上就是写了一种混沌的美。混沌境界，是极为超逸的境界，深入这种境界而感到的"愁"，岂是俗常人所能理解的？也因此，词中后半一再重复那个"愁"字，实际上是层层深入的写法，最终深入到林逋那里，"愁绝"的境界，便是"梅痴"的境界——否则，怎么会有"梅妻鹤子"的美号呢?!

又

摘蕊暝禽飞，倚树悬冰落。下竺桥边浅立时[1]，香已漂流却。　　空径晚烟平，古寺春寒恶。老子寻花第一番[2]，常恐吴儿觉[3]。

【注释】

1　下竺：下竺寺。白石自注："下竺寺前磵石上风景最妙。"《西湖志》卷十三："下竺寺在灵鹫山麓，晋高僧慧理建。"《武林旧事》卷五"下天竺灵山教寺"条："大抵灵竺之胜，周回数十里，岩壑尤美，实聚于下天竺寺。"

2　老子：作者自称，犹言老夫。

3　吴儿：吴地少年。[唐]杜甫《陪郑广夫游何将军山林》之九:"刺船思郢客,解水乞吴儿。"

【解读】

本词写下竺寺前的梅花。

"下竺桥边浅立时,香已漂流却",可以想见那岩壑林泉之间清香飘渺的景象和感受。然后回头读前两句,"摘蕊"者,即"浅立"下竺桥边的人,"倚树"者,自然也是他,这样就不仅有了下竺寺前的梅花,更有了来此观赏的人。岂止如此,后半有道是"老子寻花第一番",而且"常恐吴儿觉",可见赏花人是喜欢独来独往的。为什么非要如此?伤心人别有怀抱。"古寺春寒"而著一"恶"字,自是心中情绪的直接体现。不曾想到的是,在冰天雪地里,居然"摘花"而惊飞了梅林中栖息的鸟儿,"倚树"而碰断了枝上的悬冰,这里的一切仿佛是不该被惊扰的!这中间的寓意,不该轻易忽略。此外,一句"空径晚烟平",就写尽了周遭景色,笔法之凝练,令人叹服。总之,在这里,既有"天寒翠袖薄,日暮倚修竹"的幽独意象,又有现实中词人独自寻梅的实景刻画,其中还寄寓着天然情趣不可凑泊的理想。看似寻常,实则意境深邃。

又

绿萼更横枝[1],多少梅花样。惆怅西村一坞春², 开遍无人赏。　　细草藉金舆³, 岁岁长吟想。枝上么禽一两声⁴, 犹似宫娥唱。

【注释】

1　绿萼更横枝：作者原注："绿萼、横枝，皆梅别种，凡二十许名。"

2　西村：详见《莺声绕红楼》（十亩梅花作雪飞）注3。

3　金舆：金饰的车舆。此处代指宋孝宗的辇驾，意谓连此地的青草都曾亲受孝宗皇帝的垂顾。

4　么禽：小小的山鸟。

【解读】

本词描写西泠的梅花。上阕盛言此地梅花品种之多，可惜孝宗驾崩之后，此地梅花便"寂寞开无主"，很少有人前来观赏。下阕意在追想孝宗时此地的繁盛，连道路边的青草也亲沾过皇帝的德泽。全词抚今追昔，像是在怀念前朝的繁盛，又像是在指责当世人们的冷漠。值得注意者在于，前面的"多少梅花样"对应后面的"岁岁长吟想"，从不同的艺术维度上极力形容梅花的形态繁多和植梅爱梅人的情思久长，而这种对繁多久长的形容，又恰恰与接下来"一坞春"、"一两声"的刻意形容形成鲜明的对照，这在艺术结构上是非常成功的。正因为少，才反映出世情的冷热变幻，对帝王尚且如此，况他人乎！结句亦可味，小鸟偶啼一两声，仿佛宫娥凄凉词，所唱者何？所伤者何？言外确有馀意可寻。

又

象笔带香题[1]，龙笛吟春咽[2]。杨柳娇痴未觉愁，花管人离别。　　路出古昌源[3]，石瘦冰霜洁。折得青须碧藓花[4]，持向人间说。

【注释】

1　象笔：用象牙制成笔管的毛笔。

2　龙笛：指竹笛。王维《新竹》诗："乐府裁龙笛，渔家伐钓竿。"

3　昌源：白石自注："越之昌源，古梅妙天下。"《嘉泰会稽志》："越州昌源梅最盛，实大而美。项里、容山、直步、石龟，多出古梅，尤奇古可爱。"昌源坂在会稽县南三十五里。

4　青须碧藓花：指附青苔绿丝的梅花。[宋]范成大《梅谱》言："古梅会稽最多……苍藓鳞皴，封满花身。又有苔须垂于枝间，或长数寸，风至，绿丝飘飘可玩。"

【解读】

　　本词虽则为词，却颇像一则记游小品，将新春于会稽昌源采梅的经历写得声情并茂。白石写梅，观梅者多，采梅者少，惜花护花之人往往怜惜花叶，不忍攀折，然新春采梅插瓶也算文人风雅之趣，白石终也不能免俗，却将一番昌源之游记述得层次跌宕，颇多风味。

　　"象笔"一句写手持象牙管笔在花香中题诗吟咏，由此可见，白石此去昌源，初时仍意在观梅，吟哦赞颂，玩赏而已。沉吟间忽闻龙笛幽咽，顿触伤春之感。无情杨柳翩跹起舞，丝毫不解愁绪，以"娇痴"二字拟杨柳无忧无虑之态，用字新颖，生动活泼，既似带嗔怪之意，又如同包容无知孩童般满怀宽爱之心。"花管人离别"，以梅之多情与柳相衬，梅柳仿佛都带上了各自的性格脾性，蒙上了人间的通灵之气。

　　下阕点明赏梅之处，昌源古道，曲径幽深，却是观梅名胜。此处岩石崚嶒，冰霜覆盖，满目洁白，如此地灵清净之所，方配得起梅树之清寒高洁。轻轻折得古梅一枝，仿佛要带回一份难舍的纪念，细细看去，梅枝上苍苔萦绕，饱含着天然的清新，花蕊飘然如同碧绿的丝带，直令人生出些"此花只应天上有，人间哪得几回看"之感叹。"持向人间说"写带着梅枝归来的心情，此时此刻，白石满心的喜悦如同仙境归来，快乐而又自豪，迫不及待地向世人炫耀他的收获，只此一句，充满了天真之气，呈现了白石极少展现出的一面。

又

御苑接湖波[1],松下春风细。云绿峨峨玉万枝,别有仙风味。　　长信昨来看[2],忆共东皇醉[3]。此树婆娑一惘然[4],苔藓生春意。

【注释】

1　御苑:指聚景园。《武林旧事》卷四:"御园:聚景园,清波外。孝宗致养之地,堂匾皆孝宗御书。淳熙中,屡经临幸。嘉泰间,宁宗奉成肃太后临幸。其后并皆荒芜不修。高疏寮诗曰:'翠华不向苑中来,可是年年惜露台。水际春风寒漠漠,官梅却作野梅开。'"白石自注:"聚景官梅,皆植之高松之下,芘荫岁久,萼尽绿。夔昨岁观梅于彼,所闻于园官者如此。"

2　长信:汉代太后所居宫名。《三辅黄图》:"长信宫,汉太后常居之。"这里长信代指御园,因宁宗曾奉成肃皇太后谢氏临幸此地。见上注引文。

3　东皇:司春之神,代指春光。

4　婆娑:本为舞姿翩跹的样子,此处形容枝叶纷披。[唐]张籍《新桃》诗:"桃生叶婆娑,枝叶四面多。"

【解读】

姜夔词写梅者甚多,若说此番与以往之作有些儿不同,则在本词的色彩,不再是"红萼未宜簪"(《一萼红·古城阴》)、"红萼无言耿相忆"(《暗香》)之红,也不似"苔之缀玉"(《疏影》)之清白含蓄,而是满篇坦然的绿,无数官梅绿萼连片,浩浩铺展开来。白石写梅林常有气势阔大之笔,"十亩梅花作雪飞"(《莺声绕红楼》),"千树压、西湖寒碧"(《暗香》),都写梅林整体风貌,前者写梅之摇曳,花瓣如雪,后者写梅之旁逸斜出,枝桠低垂,姿态万千。本词却写梅之亭亭玉立,枝枝向上,春风染尽云绿,生气盎然,兼之御苑原本风光如画,湖波荡漾,如临瑶台仙境。

下阕回忆去岁旧游,笔墨中饱带浪漫的梦幻色彩,与司春之神开怀畅饮,一醉方休,或许只是回味时的畅想,但如此豪气,却必是春意使然,沉浸在处处生机的季节之中,风发昂扬的意气如何不一触即发?"此树婆娑"从思绪中回到现实,面前纷披的枝叶打断了遨游的神思,万枝玉树似乎在此刻凝化为眼前一株,如同骤见故人,猛醒间有几分突兀,惘然之情也便随即而生。结尾一句很有白石一贯为词之特色,笔锋一转,写苔藓之碧,于细微处见大,暗衬春意已在不知不觉间充盈了身边的方寸,此处一点新绿将千树云绿都引向一种随意,益发情趣天然。

虞美人

摩挲紫盖峰头石[1]，下瞰苍崖立[2]。玉盘摇动半崖花，花树扶疏、一半白云遮[3]。　　盈盈相望无由摘[4]，惆怅归来屐[5]。而今仙迹杳难寻，那日青楼、曾见似花人[6]。

【注释】

1 摩挲：抚摸。古乐府《琅琊王歌辞》："新买五尺刀……一日三摩挲。"紫盖峰：南岳衡山七十二峰之一。

2 下瞰（kàn看）：俯视。

3 扶疏：枝叶茂盛纷披的样子。[晋]陶潜《读山海经》诗："孟夏草木长，绕屋树扶疏。"

4 盈盈：形容美人体态轻盈，此指牡丹。

5 屐：登山专用的木齿鞋。

6 青楼：美女或伎人所居。[汉]刘邈《万山见采桑人》："倡女不胜愁，结束下青楼。"

【解读】

姜夔诗集上卷《昔游诗》（昔游衡山上）一首曾有"北有懒瓒岩，大石庇樵牧。下窥半崖花，杯盂琢红玉"之句，与本首《虞美人》颇多相合之处，由此可推知，本词亦乃忆南岳旧游之作。

开篇写自衡山紫盖峰山崖上俯瞰山间牡丹的情景，读后给人以险峻、飘渺之感。说险峻，"摩挲"两字足可设想出观花者手抚山石，探身遥望苍崖的小心翼翼，试想，花树尚置身白云之间，观花者必远在白云之上，衡山之高峻已是不言自明；说飘渺，生长在崇山峻岭中的花卉往往带有可望不可即的清高之气，正与"日边红杏倚云栽"之类相仿佛，让人想及冰清玉洁的奇花异草。"玉盘摇动"，百花只在自己之境，旁若无人，悠然摇曳，任何旁观者皆不会搅乱其平静自适之态，如此性情意气，如处仙境。

下阕写当日峰头观花之感慨，"盈盈"写牡丹形貌娴雅，风姿绰约，"相望无由摘"写人花间距离之遥远，难以企及，看似带些儿惆怅，却暗含几许谨慎，几分敬畏，试想，即便花树即在目前，如此高洁之物，又岂可是狠心折摘的么？所谓"可远观而不可亵玩"也！正因如此，游赏归来益发对所闻所见念念难忘，登山的木屐如同对昔日行程的见证，睹之则勾起一腔复杂的心绪，然迢迢山水，仙迹难寻，"仙迹"二字再次点明山中花草在白石心目中的地位，近乎奉若神明。"那日青楼"曾见佳丽如花，不由得又想及紫盖峰间一片清芬，以花拟人，由人忆花，更生无限怜惜。

忆王孙

番阳彭氏小楼作[1]

冷红叶叶下塘秋[2],长与行云共一舟。零落江南不自由,两绸缪[3],料得吟鸾夜夜愁[4]。

【注释】

1 番阳:即鄱阳,为饶州治所所在县,在今江西鄱阳,是姜夔的故乡。彭氏:宋时鄱阳世族。

2 冷红:指枫叶。

3 绸缪:情意缠绵深厚。《诗·唐风·绸缪》:"绸缪束薪,三星在天。"[汉]李陵《与苏武三首》:"独有盈觞酒,与子结绸缪。"

4 吟鸾:此处暗喻作者的妻子。

【解读】

这是一首怀念妻子的小令。白石怀人词作甚多,所怀却多为合肥女子。与杜甫"清辉玉臂寒"挚情的句子相比,白石款款情深却多是无私地寄于他人,难免让人替其结发之妻抱不平,这首小令算得填补了他之与妻子情感的一点空白,篇幅短小精悍,也是情真意切,值得回味。

秋日登高,极目望远,顿生感怀之思。白石清客生涯，虽则漂泊，却也清雅，每每登临，皆有感怀幽思，登岳麓山，"故王台榭，目极伤心"（《一萼红》），登南岳衡山七十二峰祝融峰，"亭皋正望极，乱落江莲归未得"（《霓裳中序第一》），登武昌安远楼，"层楼高峙，看栏曲萦红，檐牙飞翠"（《翠楼吟》），今日登上彭氏小楼更是别有所感：彭氏，宋朝鄱阳世族，家声显赫，鄱阳恰为白石故乡，登临之馀，想起己身长期飘泊在外，情不自禁地勾起思乡之情。

"冷红叶叶下塘秋"，好在"叶叶下"这样的写法，将一叶一叶又一叶的连续动感生动传达出来了，而且前言"冷"后言"秋"，语意复合之际，秋风秋水间，霜红飘落的景象，就非常鲜明地刻画出来了。至于"长与行云共一舟"一句，立意尤其新颖，蕴妙趣哲理于其中。王维《终南别业》有名句："行至水穷处，坐看云起时"，白石此处把词句与理趣、现实与比喻不露痕迹地融合一处，虽以行云喻自身漂泊的身世，却构思巧妙，不直接以行云作比，而说"长与行云共一舟"，浪迹江湖，行无定踪的清客生涯恰如行舟，舟行何处，云与俱随，俯仰之间，仿佛天地共处一舟，彼此为伴，行影相依。如此比喻，形象生动，亲切鲜活，充满生活情趣，亦曲折往复，"体气超妙"（［清］陈廷焯《白雨斋词话》卷二）。

"零落江南不自由"，"零落"二字写出了白石对自身生活状态的评价，"不自由"三字一语双关，白石一生壮志未酬，不得朝廷录用，以布衣终身。从这个角度来说，原本身不由己，无处施展抱负。再则清客生涯，寄人篱下，受朋友接济生活，这对于一个心怀大志、尊严为重的文人而言，无疑并非一段光彩的经历，这一句看似淡然的"不自由"，更是道出白石心中万般辛酸无奈和惆怅遗憾。

　　浪迹久了的人益发思念家庭的温暖和亲人的关怀，"两绸缪"一句，与其说是刻意怀念，不若说是一份情不自禁。绸缪，缠绵之意，多用于男女双方的情爱，情致缠绵。"料得吟鸾夜夜愁"一句，"料得"两字正是感情深挚而有信的表现，恰如"料得年年断肠处"之"料得"，只有彼此知心一体者，方可信心十足地说"料得"。古人常以鸾凤比喻夫妇，"料得吟鸾"从方才的两地相思（"两绸缪"）转向妻子一方，此时此地，白石不禁想起了远在故乡的妻子，想起她独守空房，夜不成寐的情景，再兼一夜又一夜地思念着自己，不由得体恤起来，感事伤情，愁肠百结。

　　全词以"冷"领起，并以"冷"为纲，虽有色彩的映照，却全篇萦绕着清冷的气氛，纵有两情绸缪的思念，却感慨着离别的忧思，读到最后，令人所感受到的仍然是白石内心掩饰不住的凄冷与孤寂。

少年游

戏平甫[1]

双螺未合[2],双蛾先敛[3],家在碧云西。别母情怀,随郎滋味,桃叶渡江时[4]。　　扁舟载了,匆匆归去,今夜泊前溪[5]。杨柳津头,梨花墙外,心事两人知。

【注释】

1　平甫:张鉴字。详见《莺声绕红楼》(十亩梅花作雪飞)注2。

2　双螺:古代年轻女子的一种发髻,呈螺形,绾在头的两侧。

3　双蛾先敛:此指两道秀眉皱了起来。蛾,形容女子细长的弯眉。

4　桃叶:详见《杏花天影》(绿丝低拂鸳鸯浦)注7。

5　前溪:古永安县前之溪(在今浙江武康)。

【解读】

这首词的确是游戏之作。全词活泼跳动,把张鉴送妾归省的过程写得饶有情致。上阕描述女子慵于梳妆,双眉不展的样子，把她思念母亲、又依恋郎君的矛盾心情用"别母情怀，随郎滋味"概括得十分贴切。下阕把分别之后，郎思妾、妾忆郎的缱绻之情用"心事两人知"五字，又描写得十分入理。

此词之好，还不仅在把此时此刻两人的情感刻画得细致入微，而是在意象的组织上别饶风味。试想，"杨柳津头"，谁说不含有"今宵酒醒何处，杨柳岸，晓风残月"的况味？至于"梨花墙外"，又包含了多少墙头马上的风流故事？如此领会，或许更接近作者之用心。